懂事之前，情动以后

芈十四 著

When I met you

CNS PUBLISHING & MEDIA 中南出版传媒
湖南文艺出版社 HUNAN LITERATURE AND ART PUBLISHING HOUSE
博集天卷 CS-BOOKY

我多希望在遇到他之前，

我已经有足够多的恋爱经验。

或许在很多环节，我能处理得更好，

或许……我们就不会分手。

一辈子一次的恋爱

重要的是，
在一起后，
你们如何对待彼此

● When I met you

组成我们生命的，

从来不是枯燥的永恒，

而是那些怦然心动的细节。

你离开之后，
我把自己
活成了你的样子

● When I met you

你问我最近过得好不好，

我总是说好，如果不能继续爱你，

那么到了最后，至少不应该打扰你。

我用尽全部的勇气，

也不够再说一次爱你了。

就是在这样一个又一个无法避免的错误里，

我们慢慢长大。

成长不是变得世故冰冷，

而是变得宽容通达，接受不完美的自己，

接受不完美的人生。

比愧疚更重要的，是弥补

我的存在，

从此成为她心里最柔软的部分；

我的存在，

也让她成为一个更坚强勇敢的女人。

妈妈，
你为什么把我生下来？

向外追求生活激情，

不仅可行性低，还非常危险，因为外物靠不住。

诸行无常，缘起缘灭，极乐终有尽时。

我们拥有那么多，为什么还是不快乐？

后来我明白了，

“江南”早就不仅仅用来描述这片土地上的生活，

它还属于所有对诗意拥有向往的人。

无论游客到了旅游景点感到多么幻灭，

对诗意的幻想都将永久存在。

江南好，
风景旧曾谙

When I met you

序言

你遇见谁，会有怎样的对白

去年夏天，我上知乎恰好一年。某个午后，知乎编辑部的刘叔给我留言，问我有没有意向出书，然后引荐我与出版社的毛老师见了个面。

彼时我在知乎上刚有了一些关注度，一部分源于我在宗教学领域的科普，另一部分则源于几篇有关情感的零散文章。

在那之前，我在一个私人空间写作十年，关注者不过是我的亲朋好友。我对写作一直保持着灵魂层面的热爱，它早早地成为我生命中不可分割的一部分——我阅读书籍、生活和社会，就像吃进去很多东西需要消化，感谢文字，让我可以用一种体面优雅的方式把它们排解出来。

当我在空间里写下几十万字，与评论区里为数不多的朋友调侃，偷偷数着几百的阅读量怡然自乐的时候，我从来没有想过，有一天，我能够在中文社区最大的UGC 网站获得十多万的关注、二十多万的赞同；有一天，我能够写下许多篇阅读量超过一百万的文章，接到曾经默默关注、梦寐以求的杂志的约稿。

而我不得不承认，促使我从默默躲在角落到去公开平台写作的最大动机，是一场在我的世界里天崩地裂的失恋。这听起来像是一个窝囊的故事，但或许你们能理解，对于第一次憧憬“一生一世一双人”的少女来说，还有什么比爱情的轰然倒塌来得更触目惊心更悲痛欲绝呢？到一个陌生的角落去絮絮叨叨，成为逃避的最好方式。

但这不是一个悲伤的故事。因为当我用艺术化的修辞、假设性的情节和故作平淡的语言写下自己经历过的那些片段时，我收到最多的留言是：竟然看哭了。那些留下感同身受的评论的陌生人或许没有想到，给予他们慰藉的写作者，同样从他们的留言中得到了慰藉。

我慢慢意识到，原来大家都一样啊：恋爱中的起因、经过、结果和承前启后，被千万人演绎，但情绪的扑腾、闪烁、消逝和了无踪迹，竟然都大同小异。

这样隔着文字的交流，比生活中一切烦琐的对话都更直接地击中人心。毕竟，还有什么比“我和你一样难过”更熨帖人心呢？

因为懂得，所以慰藉。

我从不避讳失恋带给我的成长。不像身体，经历过青春期就停止了发育，人的灵魂是可以终生成长的。人在一生中经历的每一件事都在促使它缓慢成长，而毫无疑问，爱情是最具刺激性的药剂。它几乎调动了一个人所有的能力和潜力，激活了所有的情绪和知觉，喜怒哀惧爱恶欲，眼耳鼻舌身意，贪嗔痴慢疑，五蕴皆发。

年轻时的恋爱，就像是你与世界交手前的一次模拟考试，或者是游戏正式启动前的新手课程。它的本质，是教你如何理解他者，如何付出信任，如何接受伤害，如何消弭疤痕，如何再次启程。

主动去爱需要学习，被爱也需要学习。我们凭借一种本能的直觉横冲直撞地去爱一个人，我们凭借一份天生的血脉理直气壮地接受一些人的爱，这都是最原始的状态。

而我们是如何从鸿蒙状态中醒过来的呢?

当你把一腔热忱付与他人却惨遭拒绝时，你开始反省，是不是我爱的方式错了呢?

当你使尽所有力气都焐不热一颗心时，你开始自责，我曾经是否也伤害过别人呢?

当你百般期待却得不到想要的回应时，你开始愧疚，我是否不应该将父母的付出当作理所当然呢?

这就是这本书所讲述的故事，它们来源于我的成长阶段，编辑部的姐姐们给它想了一个很贴切的名字，叫作《懂事之前，情动以后》，取自一首很美好的歌，翻译成英文更美好：When I met you.

我不讲大道理，也不说小窍门，只想和你分享我一路走来，繁花满树的所见所闻。我一直觉得，写作，可能是我与世界最亲密的时刻。如今，我把这些时刻与你们共享。

因为我坚信，某天，你也会遇上某个人，有格外动人醉人伤人的对白。

当那一刻来临的时候，不要慌，不要怕。

我告诉过你了呀，大家都一样的。

卝十四

2016 年 2 月 26 日

目录

When I met you

CONTENTS

Chapter 1

你的灯火，我的阑珊

一辈子一次的恋爱 / 002
一条鲤鱼的爱情发声练习 / 008
太外公的风流往事 / 023
我爱上他的爱情 / 027
成全自己是最美好的暗恋 / 033
重要的是，在一起后，你们如何对待彼此 / 039
他不是高冷，只是暖的不是你 / 044
为什么暖男会变成渣男 / 051
如果爱 / 060
你注定成为你想成为的那个人 / 064
每个人都需要练习心碎 / 069
信息时代的爱情 / 076
单恋是一场孤独的守望 / 082

愿所有的付出都不求回报 / 088
爱情来临的时候，我们都生病了 / 094
当我们失恋时，我们失去了什么？ / 102
大龄单身女青年白蛇告诉你的 / 113
虽然我丑，但是我们谁也不嫌弃谁 / 119
爱情里是否有真正的道理可言？ / 124
致那位打算请女神吃饭而准备吃一个月泡面的男同学 / 131
致那位不知道和男友有没有想要的未来的女同学 / 135
我是宋清如至上主义者 / 140
每一次恋爱都会让你成为更真实的自己 / 143
女孩子恋爱前必须看的十部小说 / 147
你离开之后，我把自己活成了你的样子 / 155
怦然心动 / 158
去受伤吧，像没爱过一样 / 162

Chapter 2

你的目光，我的星辰

Chapter 3

你的婆娑，我的般若

大美女是如何炼成的？ / 168
大学生该不该做五十元一天的兼职？ / 177
我们拥有那么多，为什么还是不快乐？ / 182
比愧疚更重要的，是弥补 / 187
两性关系里，你最看重什么？ / 191
为什么我们谈不好一场恋爱？ / 196
那些默默地拯救世界的人 / 200
对有些人来说，出家，就是回家 / 206
我们到底喜欢霸道总裁什么？ / 211
纯洁有风险，想爱需谨慎 / 216
最可怕的是“为了你好” / 221
那些鬼故事教会我的事 / 225

江南好，风景旧曾谙 / 230
我家有个天堂电影院 / 237
趁父母未老，与他们聊聊青春 / 241
妈妈，你为什么把我生下来？ / 244
当我们渐渐长大，而父母渐渐老去 / 248
如果你曾被人这样爱过 / 253
永远的夜市 / 258
我怀念的一代老师 / 263
我曾经爱过这样一个男人 / 266
每一次分开前，请吃饱 / 270

Chapter 4

你的天涯，我的海角

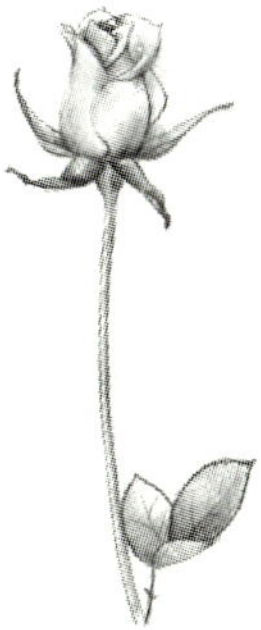

你的灯火，
我的阑珊

Chapter 1

一辈子一次的恋爱

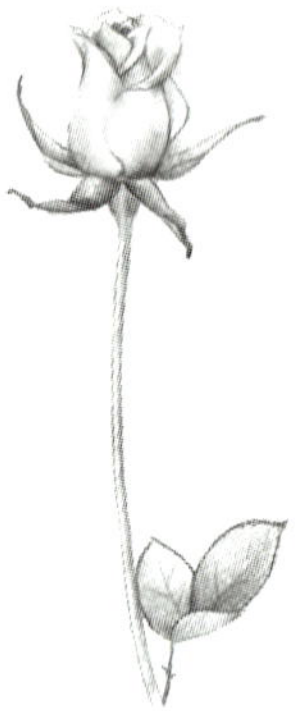

When I met you

小酒是我中学时代最好的朋友，我们的友谊一直保持到现在。我喜欢叫她小酒，并不是因为她是个酒鬼，而是因为她脸上有两个人见人想戳的深深酒窝。

小酒是一个迷人的女孩子，不笑的时候很书卷气，笑起来立马萌感爆棚，成绩很好，人缘也好。我和她相识于某一年学校的晚会，我们搭档主持。之前也偶尔听说她。某节自修课，恰逢他们班上体育课，她走过我们窗前，不知道谁爹着胆子喊了一声她的名字，我周围几个男生齐刷刷停笔行注目礼，人家背影都瞅不见了还意犹未尽。

追她的人自然不少，但从没听说她和谁传出绯闻。熟悉之后，我忍不住问她：“你真的没男友吗？”毕竟相识之前我还以为她是高冷女神，后来才发现原来是萌软小妹。

她大概知道我在疑惑什么，主动解释道：“我只想谈一次一辈子的恋爱，现在哪能有什么结果呢？”小酒说这话的时候坚定又羞涩，“你是不是觉得这样想很蠢，谁知道哪次能一辈子呢？可是现在的话……很难一辈子吧？”

我摇了摇头：“反驳的话都被你自己说了，我还能说什么呢？”

而且，谁不曾希望谈一次一辈子的恋爱呢？每个少女都会有这样的梦吧，但我觉得自己不会有这样的运气。

如果可以，我希望把自己不多的运气送给她，让她去完成这个梦想。

后来我与她进了不同的高中，又去了不同的城市念大学，但时间和空间并没有阻隔我们。我知道她一直坚守着自己的期待。高二的时候，她苦恼地跟我说，有个高三的学长在追她，她很心动。我调侃道：“心动不如行动呀。”

奶茶的吸管被咬得“伤痕累累”她也未曾察觉：“可是，他都高三了啊，马上就要高考，他会去哪儿是个未知数，一年之后的我在哪儿更是个未知数，我还是只想谈一辈子一次的恋爱……”

我看着她纠结的模样，只觉得那个男孩很幸运，竟然能够动摇我们家小酒一贯的坚持，虽然只是略微摇晃了一下。

小酒不是因为顺从学校规章而不去早恋，她就是在以一种憨厚固执的态度坚持自己朴素的爱情观。你可能会说她这样的想法过于天真，但她实在是一个早熟聪慧的少女，很多性知识都是她讲给我听的。有段时间她无聊，跑去晋江连载言情，才写了十章浏览量就破万了。她也不是一个古板传统的女生，我俩偶尔逃课去打球，贿赂看门的老大爷，打完球去街上撸串儿，晚上跑去夜宵街喝酒，然后约定，以后恋爱了一定要让对方第一个知道。

我没料到会在大学毕业之前接到她恋爱的消息，照她的说法，校园爱情不过走马观花，毕业散场，天各一方，这种大概率容易分手的恋爱，不谈也罢。可是大二那年，晚上十一点，她给我打电话："十四十四，我恋爱啦！"

"哦……啊？"我在电话这头怔了半晌才明白过来。

然后是巴拉巴拉的虐狗时间。她絮絮叨叨地说着两人在一起的过程，我努力地从她支离破碎毫无重点的语句中理出头绪来，哦，原来他们从初见、产生朦胧好感、暧昧到捅破窗户纸，也不过一个月的时间。

其实那一刻我有点吃味，忍不住酸了她一句："才一个月就可以确定一辈子啦？”

当然，沉浸在爱河中的小酒完全听不出我的口气：“我看到他的第一眼就觉得我们会在一起一辈子，他也是这样想的哦。”

那个男人比她大七岁，留学回来工作没几年，是她的大学所在城市的人。我恨不得飞到 S 市去，用我的钛合金狗眼好好看看，他到底能不能给我的小酒一辈子。

那年寒假，一只名叫十四的单身狗过了一个月被虐的生活。而小酒的眼睛里多了一抹光彩，她不厌其烦地讲着让她回味的那些细节：秋风初至的早晨，他突然出现在教学楼下，红着脸递给她一瓶护手霜；她想去一家很有名但在高峰期总是需要排号的面馆吃面，他就特意早早下班带她过去；她织了一条丑萌的中国风围巾，他把脖子上搭配着衣服围的那条取下来挂在她脖子上，高高兴兴地围上新围巾；过马路的时候，他装作不经意地牵住她的手，再也没有松开；两个人看电影，邻座一家三口，小孩子闹起来，他就严肃地和她讨论“在孩子有自制力之前，咱们还是不要带他来电影院吧”——哦，他说，还是生女孩好……

我看到他的照片，很年轻，不像比她大七岁，倒像同龄人。我为小酒感到开心，觉得她这几年的期待是值得的，只有这样既成熟稳重又温柔浪漫的男人，才配得上与她终老吧。

她的酒窝里盛满了快要溢出来的快乐，多话的我也不忍心打断她。她其实很低调，除了一两条只有知情人才能看明白的朋友圈信息，她甚至没有在社交平台上秀过恩爱。

我想，这样的故事真是值得传诵呀，好姑娘就应该得偿所愿。

开学之后，我俩的联系频率比之前低了不少，怀着一份“吾家有女初长成”的心态，我体谅见色忘友这个让人类得以繁衍生息的原始本能。看到她偶尔在朋友圈里发意味深长、意有所指的状态，作为一个过气的陪伴者，我默默地点一个赞，发一颗爱心。

直到那年四月份，我生日，她打电话过来，语气怏怏不乐。我追问多次，她才吞吞吐吐地说，他最近很少联系她，有一次跟她说完晚安之后又跑去刷微博，还经常和另一个女生亲密互动。

我不知道该以怎样的方式告诉她，这些在我看来都不是大事，热恋期过了，有这些表现实属正常，只好挑个尚算重点的问题问她：“你问过他那女生是谁吗？”

她的倔强暴露无遗：“当然没有！我翻了下那女生的微博，她明显是喜欢他的，而且她还是他的高中同学！他明知道她喜欢他，还经常搭理她！”

我有些头痛：“那你也不能让人家高中同学再也不联系了吧？”

大概是我很少不跟她站在同一阵线上，她越发委屈：“怎么不能？我就可以为了他不跟别人联系啊……他这样，大概是不够喜欢我吧。”

男人的本性也好，不够喜欢也罢，我给不出任何建议。小酒对待爱情有些完美主义，又是一个能用更严苛的标准要求自己的人，我完全不知该如何劝慰她。何况，近三十岁的男人，又有这样的细致贴心，哪能没几段缠绵悱恻教会他这些的感情？

她总有一天也会学会这些，然而他等得了吗？

我说了些干巴巴的安慰话，聊胜于无，心里有些紧张，不知她还会遇到哪些揪心事。

五月初，她发了一篇博文，只有一句话：爱情，是从陌生人到陌生人的过程。

我匆匆忙忙买票去她的城市，她在我怀里大哭一场。我摸了摸她的头，问她：“还想坚持一辈子一次的恋爱吗？”

她抬起头，眼睛通红，带着鼻音：“想啊……但我多希望在遇到他之前，我已经有足够多的恋爱经验。或许在很多环节，我能处理得更好，或许……我们就不会分手。”

一条鲤鱼的爱情发声练习

很久以前，我是西湖里的一尾醋鱼，哦不，鲤鱼。

西湖太大，我在里面待了几百年还认不全岸边的杨柳们。彼时我觉得西湖是世界上最大的地方，荷说那是因为我还没去过大海。作为一株开了智识却不满百岁的荷，他当然也没去过大海，但他知道很多事情。他说，大海比西湖宽广得多，以后有机会，我们应当去看看；他说，这是一处灵性福地，出过许多灵物；他还说，我是鲤鱼中最幸运的。可是如果我问他为什么，他就只会笑一笑，抖一抖荷叶，帮我挡住阳光，闭目养神，不再说话。

那时候，荷说的所有话我都觉得高深莫测。后来我才知道，他比我早几十年就能听懂人话了。

“人是什么？”当我开始对湖边走来走去的生物产生好奇时，荷已经对他们很熟悉了，“走”就是荷告诉我的。

“人有脚，所以可以走，而鱼只能游。你以后若是修成人身，就可以走了。”荷说。

“为什么要修成人身呢？”

“他们是天地间最幸运的生物，生来就通了诸窍，不像我们，只有通过修行才能通窍。虽然他们从不知珍惜，”荷接着说，“但纵然你是方圆千里最幸运的鲤鱼，即使最不幸的人也轻易地拥有了比你更多的幸运。”

“你是西湖里最幸运的荷吗？”

“是的。”荷抖了抖他身上的露珠，我知道这是他表达惬意的方式。

这一次对话之后，我开始格外地关注人。荷说，这就是我们要追求的未来。荷说的肯定是对的。

于是，我渐渐地不再成天跟荷腻在一块儿，我开始热衷于游到有人的地方去，听人说话，看人做事。一个有月亮的晚上，我在一株柳树垂到湖里的枝条下游玩，看到两个人痴缠在一起。他们身体紧贴，嘴唇像粘在了一块儿，我不知道他们在干什么，便游回去讲给荷听。

他全身的露珠都抖动起来，纷纷掉进湖里："那叫吻。必定是一个男人和一个女人在做这件事。"

"是的。他们为什么要这样做呢？"

"嗯……因为他们是恋人。"

"恋人是什么人呢？"我觉得不可思议，鲤鱼只有雌雄，但人不仅要分男女，还要分老人、年轻人，分好人、坏人，现在又多了一个恋人。

"恋人不是人，是男人和女人相爱后才这样叫的。"

"相爱？"

"是的。"

"什么是相爱？"

"相爱是人的一种很奇怪的行为。"

那时我觉得人所有的行为都很奇怪，比如他们穿着不一样的衣服、鞋子，戴着不一样的帽子；比如女人把花摘下来插到头上，男人把柳枝折下来送给同伴；再比如男女常在静谧的角落说话，说着说着女人就把头低下了。在我看来，相爱并不是一件更为稀奇的事，所以我没有接着问下去。

最重要的是，我隐约觉得其实荷也不懂这些，毕竟他只是一株比我早开窍几十年的荷，虽然他比我懂得多得多。

恍惚间又过了百年，起初那些令我惊异的事，我已觉得理所当然，比如人就应该穿着衣服、鞋子，戴着帽子；比如女人把花摘下来插到头上是为了好看，男人把柳枝折下来送给同伴叫作折柳送别；比如那些在角落悄悄说话的男女是在约会。我还知道我在的地方叫西湖。我几乎能听懂人的所有语言，以上这些都是从人那里听来的。有些话特别好听，有一次我听到有人念“月上柳梢头，人约黄昏后”，刹那间就想起了第一次看到那对恋人痴缠在一起的情景。后来荷告诉我，这是人的一种极为特殊的语言，叫作诗。

从那以后，我每听人念一句诗，就默默记在心底。

西湖从来不缺诗，还有写诗的人、唱诗的人。人们把前一种人叫作诗人，把后一种人叫作歌姬。前一种人一般是男人，后一种人一般是女人，美丽的女人。

我都忘了说，我是一条红色的雌鲤鱼。荷说我也会变成一个美丽的女人，只要我想，我可以比其他所有女人都美丽。我并不稀罕美丽。“美丽有什么用呢？”我吐着泡泡。

荷身上的露珠又晃动起来，纷纷洒落到湖里。“风起玉珠落”，有个人写了这样的诗句形容这一景象，我暗暗鄙视了很久，那个笨蛋不知道这只不过是荷在笑，哪里有风？荷一笑，满湖碧莲也跟着笑罢了。

一阵癫笑之后，他回我："男人都喜欢美丽的女人。"

"可是，我为什么要让男人喜欢我呢？"

"女人都希望男人喜欢自己。"

"可我不是女人哪，我是一条鲤鱼。"

"等你修成人，你就是女人，还是顶美丽的女人。"

"可是，这跟男人有什么关系呢？"

"哦，你还是条鲤鱼。"荷惋惜不已。

荷并不是男人，但他似乎很懂男人；荷也不是女人，但他似乎比我更懂女人。一株荷，当然是不分雌雄的。他后来修成人身，看见喜欢的男人就变成女人，看见喜欢的女人就变成男人。

美丽有什么用？当你遇上一个男人，你为了他恨不得变成世界上最美丽的女人的时候，你就会知道美丽有什么用。

我是怎么知道的？这就是我的故事了。

这一世我又等了他几十年，他还没出现。真奇怪，遇见他之前，日子过得自然而随性，遇见他之后，日子就变得越来越难熬，所以这些年格外漫长。与荷一起修成人身的四百年转瞬即逝，接下来的四百年，全部与他相关。一晃，我已经是八百岁的老怪物了。

上天的公平在于，我们这样的鱼或荷一开始就跳出了凡物的生死轮回，所以我们有漫长的生命去感悟天道，窥得玄机，化成人形。

前辈们摸索到这里就各走各的路了，有的依附大神大仙继续悟道，修仙成佛；有的沉溺于红尘繁华，流连于世间，享尽俗世美好。有的为非作歹，有的济世扶贫，还有的像我的老乡白蛇和青蛇，轰轰烈烈玩几把，搞出几条大新闻。不过后来我再也没听说她们的消息，毕竟当我有意识的时候，她俩都入世千年了。

但我不羡慕她们，因为我遇到了他，那时候我还是一条鲤鱼。

三百多年的时候，我已经懂得很多事。我看着西湖边的人换了一拨又一拨，也知道西湖外换了一朝又一代。人们穿的衣服变了式样，人们说的话变了音调，但人们还是做着那些事，摘花折柳，男人和女人依旧在“月上柳梢头，人约黄昏后”，甚至连我偷听到的男人们的情话都没变。

所以岁月变迁对于西湖里一尾活了三百多年的鲤鱼来说，意义实在不大，直到遇见他。

那会儿我已经对人失去了好奇心，连我最喜欢听的诗也难以打动我了。两三百年里，我记下了太多的诗，人们写的诗却大不如前了。本来也是，世界上可写的事情那么少，两三百年足以写完，后来的人就不断重复写已经被写过的东西，而且写得不如以前的人。

有时候我顺着西湖的暗流游到钱塘江去，那里比西湖还要热闹几分。“东南形胜，三吴都会，钱塘自古繁华。烟柳画桥，风帘翠幕，参差十万人家。云树绕堤沙，怒涛卷霜雪，天堑无涯。市列珠玑，户盈罗绮竞豪奢。”白日里有集市，集市上有挑担的少年郎，有垂髫的儿童，有活泼的少女。集市上卖的玩意比两三百年前要丰富许多，我看到女人们抹上了新潮的胭脂，戴上了各式各样的钿花簪钗，但她们依然热衷于摘花戴在发髻上。

逛了几年我就腻烦了，我对新事物腻烦的速度越来越快。我曾经躲在岸边听那些私人密语听了五十年，我曾经躲在游船下听歌姬们唱由诗编成的曲听了三十年，我还在桥下听一个人用奇怪的东西吹出极其好听的音乐听了十年。渐渐地，很难再有一件事物能引起我长时间的关注了。

“我是不是老了呢？”每每听到我这样嘀咕，荷身上的露珠就会开始抖动。对于我们这种莫名开启了天智、被恩赐跳出生死轮回的生物，“老”简直是个笑话，漫长又漫长的岁月等待着我们。

诗人和歌姬们还是常常光顾西湖。“重湖叠巘清嘉。有三秋桂子，十里荷花。羌管弄晴，菱歌泛夜，嬉嬉钓叟莲娃。千骑拥高牙。乘醉听箫鼓，吟赏烟霞。异日图将好景，归去凤池夸。”他们在亭里、在船上，伴随着丝竹声，或吟诗，或伴曲。西湖的热闹一如往昔，甚至比从前更胜，我却懒得去凑这些热闹。

我常常躲在人迹罕至的岸边，懒懒地待上几天，实在无聊就修炼。荷督促我勤加修炼，早日化形，可是我一点也不着急，反正是迟早的事嘛。

有一天，我游到柳树下，神游天外，突然有一颗珠子从天而降，砸到我美丽的鳞片上。我一恼，眼睛往上一溜，发现是一群顽童，他们一边嚷着“掉下去啦，掉下去啦”，一边笑嘻嘻地跑开。一个梳着双髻的小男孩往湖边走来，抹着眼泪，嘴里含混不清地喊着“还我的珠子，还我的珠子”。

那一刻我的举动至今想来仍是个谜，荷反复叮嘱的“别和人近距离接触”被我抛到了脑后。我沉了下去，衔着那颗落到污泥里的珠子探出水面，朝他游去。

他显然震惊于眼前的一幕，但毕竟是孩子心性，立马停了眼泪，欢快地从我口中接过珠子，又摸了摸我翘起来的鱼尾巴，高兴地说：“是小鱼替我捡的吗？谢谢你。”

我不高兴地沉回水里，小鱼？什么难听的名字！这些年我在人们的熏陶之下也算饱读诗书，早早就给自己取了一个好听的名字，叫茱萸。为此我还被荷嘲笑了一番，他说：“你一条鲤鱼，为什么偏偏取了草的名字？”我说：“因为我是一条红色的鲤鱼啊，朱为红，‘朱鱼’的谐音不就是‘茱萸’吗？多文艺啊。”荷死活不肯叫我茱萸，便给我取了个小字：阿鲤。无论茱萸还是阿鲤，反正比小鱼好听。

等我生完闷气探出水面，岸边的人已经不见踪影。人类果然是些忘恩负义的家伙，作为或许是西湖史上最伟大的鲤鱼的我屈尊帮他捡珠子，他竟然毫无表示。

晚上回去跟荷聊天，我却只说了被珠子砸到的事情。不知道为什么，我第一次不想把所有的事情与荷分享，即便过去的三百多年里，我们毫无保留，分享彼此的秘密。或许是怕荷唠叨，或许是觉得自己白日的做法太丢脸，我觉得这个插曲还是藏在心里好了。

接下来那段时间，我常常游到那天遇到他的岸边，他竟再也没出现过，果然男人都不是好东西——坐在西湖边自言自语的姑娘们都这么说。早知如此，便不把那颗珠子还给他了。

我开始勤奋地修炼。荷说我天分很高，如果努力，化成人形不过再需五十年光景。五十年哪，那个臭小子也该早已成家立业子女绕膝了，去看看他也好。

是啊，五十年对一尾寿元万年的鲤鱼来说不过弹指间，对于人来说，却足够他们老去了。

荷比我提前几年修得人形，他早早就决定去东海寻一门仙庭拜师，却不放心我，愣是留下来等我修成人身。知道了解是一回事，学会做一个人比想象中难上许多。

等我完全学会人类烦琐的生活方式以及虚伪的礼节，我才去寻他。

那时候，他的头发、胡须都花白了，拄着拐杖追淘气的孙子，我却恍然想起那年午后丢了最喜欢的珠子而急得掉眼泪的小男孩。

他的妻子是一个温和的妇人，淘气的小男孩躲进她怀里，她便拦着他。我在远处看着，他这一世安稳顺遂，也替他高兴。我买下了他们屋子边上的一座院子，邻里问起便说是家中长辈去世来钱塘寻亲，深居简出，每日总能看见他和老媪出门散步，我觉得异常满足。

下一世吧，下一世我一定早早寻到你，陪着你，好不好？

荷听说我如此胡闹，从东海赶回来训我："人的一生如此短暂，你难道生生世世追着他不成？转世还不一定会成什么呢。修炼成仙才是正经事，红尘度情劫也犯不着赔上你所有的时间。"临了他还打算拉我去东海，帮我寻个师父。

我才不去呢，我就要守着他。没有他，我还不如回到西湖里做一条悠游自在的小鲤鱼。

荷见说不动我，只好告别师门陪我寻他。荷交好各方土地，甚至找了地府的关系，堪堪帮我找到了他。第二世，他投生到绍兴一户读书人家，模样竟然还有前世的影子，方方正正的，一心只读圣贤书。

荷扮作我哥哥，帮我说了亲，看着我终于嫁了心心念念的人，面色踌躇地走了。我知道他在担心什么，人妖之间成亲的多，生孩子却是鲜少有的。世人不知道，白蛇是机缘巧合，吃了西王母的仙草才得了人身，却舍弃了成仙的机会。

我也愿意啊，但西王母的仙草哪是能轻易得到的呢?

能陪在他身边，我已经心满意足，不能多求了。

新婚之夜，他揭了我的盖头，只呆呆地说了一句："娘子真好看。"我扑哧笑出声，真是个傻小子。他更移不开眼，嘴里低低嘟囔道："竟像在哪里见过似的，如此绝色，见过哪能忘呢？"

臭小子，上辈子你就见过我啦，我还常常"偶遇"你呢，你怎么敢忘记我？我的心里像吃了蜜一样，蓦地想起荷说"男人都喜欢美丽的女人"，真好，你说我好看，那一定是喜欢我的。

原来美丽这么有用。

被西湖熏陶了几百年，我还会红袖添香，和他诗词相和，眉目传情，男女欢好。

我侍奉公婆，打理家事，都周周到到，唯独遗憾三年无出。原想给他纳妾，他当着老人家的面拒绝了，从族里没落的旁支过继了一个男孩，人人都说"周家那小子疼媳妇哎"。

我也随着他老去，变换一下容貌罢了，这可不难。然而，他是真老，我是假老。

他丝毫没有发现我动的“手脚”，妖想骗过人多容易啊，白蛇她们是行事太招摇才被和尚盯上的。何况现在的和尚、道士都是吃荤好色装模作样的，我才不怕。读人间的志怪，好像妖精都想着采阴补阳骗去人的性命似的，我只不过想骗他的心罢了。

他死的时候紧握着我的手，我俯下身在他耳边说：“周郎，你放心去，我下辈子定来寻你。”他听见，笑着走了。

可是那一世我失信了。荷不肯再理我，他说：“我再帮你，便是误你。”苍茫世间，我一个人，而他杳无音信。我去了东海，荷拗不过我，凭借他师父何仙姑的面子，让我拜在东海龙王门下——其实也是本家嘛，鲤鱼越过龙门，可不就是一家人了。

我只是听说东海龙王和地府关系颇好，到时候费心结交一下管理转世簿的官员，寻他就该方便了吧。

等我学有所成，告别师父去尘世历练，那管着转世簿的官员油盐不进，磨了好多年也只透露给我他大概在北边。我一个镇一个镇地找，却从来没有想过他也可能转世为女子。

转世成女子我也喜欢，等我反应过来，她已垂垂老矣。

我看着她躺在床上，子孙脸上都是哀痛之色。心善之人，每一世都过得不赖。傻子，也不算我失言，你若再投胎为女子，我便给你当丫鬟。唉，还是荷好啊，雌雄同株。

这些年人类繁衍得极快，再转世就要摇号排队了，一等就到了民国末年。

战火纷飞的，他倒好，做了书生。他的上级是个颇有名气的军阀，把自己的女儿许配给他，我又来迟了一步。

他的眉间是不豫的，眉头常常紧锁，我知道他心地良善，怎么看得下去这兵荒马乱的流年。果然，他和岳父的分歧越来越大，军阀想要继续招兵买马统一云贵川，他却认为不如联合南边军阀，推立首领，加快统一步伐。一来二去，即使亲如女婿，他也被冷落在一旁，常常出入风月场所，借酒消愁。

唉，傻孩子，有兵权的男人总要搏上一把，也好过居于人下。我出现在他面前，举着酒杯，盈盈一笑，他像那一世新婚之夜见到我那样，呆了，却没再说傻话。他眼里藏着的，分明是惊艳。

他自是喜欢我的。太太是上司的女儿，娇生惯养，不识愁滋味，父亲和丈夫有了分歧也觉得是小事，整日里买首饰置衣物邀人打牌。而我温柔解语，只想让他舒心。谁耐心管这天下不天下的，我只盼着他开心。

若有人让你开心，我可以远远看着；若没有，那我便自己来让你开心。

他时常来寻我，家里的太太再娇憨也知道丈夫经常不在家不是好事，告到了自家父亲那里。军阀大怒，一气之下寻了个由头把他派到前线。炮火从不长眼，我心惊肉跳，他却不让我跟去，我偷偷跟着。明枪易躲，暗箭难防，他被人陷害，死在前线。

我抱着他，他抹掉我的眼泪，紧紧抓住我的手："阿离，我第一眼就觉得你熟悉。"

臭小子，你当然觉得我熟悉。我眼前一片模糊，哽咽着，说不出话来。

"你别哭，找个好人嫁了，让他替我照顾你。这辈子，我对不起你。"

傻小子，你哪辈子对得起我？哪一次不是我千方百计来寻你，哪一次不是我看着你走？可是我愿意啊，我就是愿意陪着你，愿意辛辛苦苦地做人，愿意千山万水地找你，只不过想看到你开心安稳。

荷已经放弃劝我了："唉，千万年里，还真出了你这只痴情的妖。"妖本薄情啊。

我不懂情字："我只知道看到他开心我就开心，看到他难过我就比他还难过。"荷难得不再嘲笑我，目光不知投向何处，幽长深远。

没有他，人间索然无味，我回了西湖，仍旧做一条鲤鱼。地府那边来了消息，说就是这几年了。

我天天跟老柳念叨这一段段往事，老柳是西湖边最大的那棵柳树。其实他成精几千年了，只不过我和荷在西湖那些年，他一直在沉睡，是以彼此不知。时代变化越来越快，西湖边早就没有人作诗了，男人的情话讲得越来越烂，翻来覆去不过就是一句“我爱你”。

“爱”字，变得那么浅、那么薄，我花了几百年、三辈子，好像都没说过呢。

太外公的风流往事

When I met you

我从小就是个热爱生活的好孩子，身边感兴趣的长辈、平辈、晚辈都没能逃出我的魔掌，被我狠狠八过。直到八到下面这一段故事，我才惊觉平凡生活中的每个人都是孤胆英雄，无趣人生都曾荡气回肠，不求结果。从此八出了境界，八出了情怀，八出了一颗上天入地的强大的心。

今天这段故事是我太外公留下来的。

听我外公讲，我的太外公未及弱冠之年就从小县城离家，勇闯上海滩，不知怎地进了一个美国裁缝师傅的西装店，做起了小学徒。

那是 20 世纪 20 年代，西装传入中国不久，在上海滩风靡一时，人人皆以着一身考究的西装为顶顶的时髦。那位收了我太外公做学徒的美国裁缝师傅名叫汤姆，是远近闻名的“红毛裁缝”。

太外公长得俊俏，有灵气，又聪明好学，不到一年光景就把洋文说得贼溜，耳濡目染下学了些裁缝技术，做出来的衣服竟比那些正经徒弟做出来的好。老汤姆师傅特别欣赏他，于是正式收了太外公做徒弟。

话说这汤姆师傅和陪他远渡重洋来中国发展的爱妻有一个宝贝女儿。听我外公说，那小姐长得恁地好看，金发碧眼，是出了名的美人，拍过广告，她的写真甚至被印在那个年代最畅销的香烟盒子上。这样一位小姐竟然死心塌地地喜欢上了父亲新收的小徒弟，还对老汤姆说自己一定要嫁给他。

老汤姆虽然觉得不太妥当，但实在太宠女儿，看小徒弟机灵懂事，也继承了自己的手艺，想着以后若是把这家店给他们小两口，让他们就这样过日子也挺好的，就派了妻子去探小徒弟的想法。

听外公的口气，太外公当时也挺喜欢那位小姐的。然而在那个年代，中国男人娶洋媳妇还是一件稀罕的事情。太外公虽然年少离家，可毕竟是家中独子，婚姻大事亦不敢轻易做主。思及此，他写了一封家书，向家中父母也就是我高外祖父、高外祖母禀报了此事。

哪知家书回道：你母亲病危，赶紧回家。

太外公是孝顺儿子，不敢多想，立马向师父禀明情况，告辞回家。小姐抹泪告别，嘱他家事一了便回上海找她。

话说太外公挂念母亲病情，匆忙赶路，谁知到家一看，家里竟然挂满了红灯笼。原来太外公的父母一看完家书就阵脚大乱，念叨着：“这孩子怎么可以娶一个洋人当媳妇呢？不行不行，必须把他骗回来，再立马给他讨一个好媳妇，拴住他的心。”两位老人挑了十里八村最漂亮的姑娘，急急下了聘礼，也顾不上俗例，打算等儿子回来就把事给办了，永绝后患。

太外公虽不愿意，但父母之命、媒妁之言，他无从反抗，而且，如果他拒绝，人家姑娘的脸往哪儿搁呢？

哪知洞房花烛夜撩开红盖头一看，烛光下新娘子花容月貌，俯首之间娇羞无限，而新郎官一身白色西装加圆礼帽潇洒气派，两人竟都看得痴了。就这样一见钟情，谁都再没怨言。

太外公原本打算三个月后就回上海，把余事了结，谁知新娘子有喜了，行程一再延误。另一边，消息兜兜转转，传到了上海。

等到太外婆生下外公，两人更是如胶似漆，哪舍得分开。

这时上海的一封信到了，竟然是师父师母急函，说小姐病重，让太外公念及师徒情谊，赶紧回上海一趟。

这小姐到底患的什么病？外公睁了睁双眼，定定地说：“那可真正是相思病！”

也是，念去去，千里烟波。心心念念盼君归，哪知左等右等，等来的竟是心上人另娶娇妻的消息。小姐受不了打击，一病不起。原以为不过是小儿女情结，闹闹情绪罢了，哪知沉疴难愈，最后竟到了无力回天的地步。

讲到这里，外公意兴阑珊，不愿讲下去。我问：“后来呢？后来呢？”

“后来啊，那位小姐就在你太外公怀里闭上了眼啊。”外公唏嘘不已。

太外公回家后，在县城里开了家裁缝店，他做的西装声名远播，隔壁县城的达官显贵都特意赶来定做，想赶个时髦。

他与太外婆情比金坚，一生不离不弃，这是另一段故事了。

我也无限感慨。谁知道历史的尘烟掩埋了多少风流往事，身边那些平静的面庞下又藏了多少惊心动魄呢？

我爱上他的爱情

闻得北方有佳人，遗世而独立，戏园子推了新角儿演一出《霸王别姬》。

自然有人给我留了最好的位置，备了最好的茶水，只等我去，这才算得真正在京城里唱红了。

依旧是胡琴咿咿呀呀，我懒懒地坐着，只是没过多久便挺直腰板，正襟危坐。《霸王别姬》我早就听无数角儿唱过，却没有见谁入了这般纯青化境。只这一次，我真正沉沦，有那么一二刻，我有所恍惚，疑为虞姬再现了。

左右的人识眼色，附在我耳边道：“四爷，这位就是新推的角儿，唤作蝶衣。”

蝶衣，蝶衣，我在心里默念了几遍，竟口齿留香。我想到家中收藏有清末名家的一副珍珠钻石头面，只有如此伊人方衬得起其辉泽，便吩咐身边的人取来。

一折戏，喝得满堂彩。戏堂经理领着我往包间走去。门吱呀推开的一刹那，我第一次感觉到心被往上提了些。仆人在一旁奉上行头。

“哎哟，都说当年老佛爷她老人家赏戏，有这样的手面吗？没有吧。”戏堂经理在一旁谄媚地说。

我听惯了这些奉承，这一次听到，心中却有些不快。

我望向蝶衣，他却只盯着他的师兄。段小楼回绝了我的邀请，我将目光转回蝶衣：“那么，程老板……”

沉默。

我苦涩一笑，出声道：“那么日后踏雪访梅，再谈不迟。”然后，转身离去，却在转身的瞬间心中笃定，我们之间的缘分绝不仅限于此。我向来是个有耐心的人，不然在京城，仅凭祖上的一点余德也做不到今天这个局面。更何况这只蝶足够美丽，值得我付出足够的耐心。

我愿意等这只蝴蝶自己飞过来，愿意看到他经历一番纠结挣扎，只有这样，他才能释放出所有的美丽。

果然，我等到了。

底下有人报上来，说段小楼与花满楼的头牌菊仙定亲了。听到这个消息的时候，我心里想道：那只小蝴蝶怎么办呢？那日初见，推门而入，我看见他投注在段小楼身上来不及收回的目光，风月场中这点事，我又岂会不明白？想到这里，我的心一阵紧缩。说不清，道不明。

罢罢罢，既然放心不下，就去看看他吧。

依然是那个包间，可是霸王走了，留下憔悴的虞姬。他独自仰躺在椅上，未卸的妆艳丽凄迷，一头长发散落，满目漆黑。我握住手中翎子。蝶衣，你的心，终会是我的。

“这双翎子是从活雉鸡的尾巴上生生收取的，当真是难得的。”

他留给我的依然是沉默。

当真是难得，蝶衣，你的心，当真是难得。

看见蝴蝶折了翅膀，我竟心痛若斯。我在心里幽幽叹了一声，请他到府上。这只蝶，我小心翼翼地养着、疼着、宠着、爱着，却被他人伤得这般彻底。于情何堪？吾心何堪？

我没想到他的目光会落在那把剑上。“此剑是张府败落时费了大周折弄到手的。”我怎么会不知道这就是蝶衣首场戏用的那把剑呢，不然我又何须如此大费周折？

只是，蝶衣，你看它究竟是因为你捧过它，还是因为段小楼握过它？

罢罢罢，既然你喜欢、你高兴，出于什么原因又何妨呢？

你的一个眼神足已换得千金。只要你眼中有我，只要你明白，到底谁才是霸王。

那一场对戏，我才敢借着面上油彩释放心中感情。很多很多年以后，当我再次踱着方步走上刑台，想起那一晚落在你眼中的月光，倾国倾城。一笑万古春，一泣万古愁。此情非你莫属，此貌非你莫有。我清楚地明白。

那是我们一生的交集中两颗心靠得最近的一次。从此，曾经沧海难为水，除却巫山不是云。那一刻，明知你还是会沉默，我仍冲动地问出："你……可愿做我的红尘知己？"

我的蝴蝶啊，却不是我的虞姬。

那一日后，我百事纷杂。日本人打了进来，占领了大半个中原，京城被攻破也是早晚的事。我依然派人暗中照拂蝶衣，希望我的势力能使他免受委屈。

呵，这是一只多么骄傲、多么倔强的蝴蝶啊。

可是，我没想到，再倔强的人也会有一个劫，比如蝶衣之于我，比如段小楼之于程蝶衣。听闻他为日本人唱堂会，我心急如焚，立即派人四处打听。

段小楼，你何德何能？

后来，我终于有时间去看了一场《贵妃醉酒》，终于在黑暗中看见了那只蝴蝶最惊艳的舞姿。

凤凰涅槃。绝代风华。

蝶衣，只有我看到你的绝代风华。

蝶衣，如果你的人生就是你的舞台，那么我心甘情愿成全，只在一旁静静看着，因为你的舞台就是我的余生。

京城风云变幻，国民党气势汹汹，又是一场兵荒马乱。

蝶衣竟然因为汉奸罪而受审。

彼时乱世，我势力锐减，派人弄清了原委，费了一番周折打点，使他在狱中免受委屈，更亲自去见了司令官。

正忙得人仰马翻的时候，段小楼来了，他还算有点良心。他自是求我出手救出程蝶衣，还说他们兄弟俩三年内的包银全部归我所有。

我心中厌恶，我与蝶衣之间岂能沾染那个字，实在不雅。原来蝶衣痴缠了数年的人不过是个凡夫俗子。虞姬，你的霸王，从来不是霸王啊。

我突然想急他几急，也算为蝶衣多年的委屈寻个出口。“霸王回营见虞姬时到底是该走七步还是五步？”

段小楼啊段小楼，你可知你到底错过了什么？

在法庭上看到那只蝴蝶精神恹恹，心揪如斯。可是，我仍然没想到，段小楼竟伤他至此，他竟想自寻死路！

我气急而走，不过一个凡夫俗子，竟值得你飞蛾扑火。只是刚坐上车，心里的懊悔便翻江倒海般涌上来，一层又一层，直至将我覆灭。罢罢罢，你死刑前，就算倾尽所有，我也要将你救出。

到了家得到消息，司令官特赦程蝶衣。一颗悬了一路的心归了位，却令我百味陈杂。

我狠下心切断了与程蝶衣的所有联系，醉生梦死。从此，你的生死与我无关。只是梦里呢喃的仍是不变的两个字：蝶衣，蝶衣。

你可知，宁不知倾国与倾城。

宁不知倾国与倾城啊。

成全自己是最美好的暗恋

When I met you

自从亲戚朋友知道我大学念的是宗教学，我就总被问到各种奇奇怪怪的问题，比如，和尚有爱情吗？

我看着小姑娘扑闪着的眼睛，澄澈透明又透着些许迷茫，忍不住一笑。谁不是那样过来的，怎么会不懂她在想什么呢？

小姑娘是亲戚家的孩子，刚上高中，留着齐刘海儿，背着双肩包，眉清目秀，已经到了经常收到表白短信和偷偷寻找帅气男孩背影的年纪。

我说："当然会有啊，和尚也是人哪。"

小姑娘不解地问："可是和尚……不是不能谈恋爱吗？"

我在心里哂笑。清规戒律怎么断得了人的本性呢？别说普通和尚了，连鸠摩罗什那样的高僧都陷入了男女情爱，最后还有了孩子呢。当然，我没有这样告诉她，因为她的家长正坐在沙发上看电视，在小姑娘说出“爱情”这个字眼之后，密切关注着我们的聊天动向。你知道，在某个时间段里，父母们总是对某些字眼讳莫如深，如果我直接告诉她，估计下次就会被她的家长列入拜访的黑名单。于是，我换了个说法：“我给你讲个故事，好不好？”

小姑娘点了点头，紧紧地盯着我。

有个小和尚从小在寺庙里长大，调皮捣蛋，惯会偷懒耍赖，就是不爱背书。他的师父常常摇头叹气，说他“孺子不可教也”。

有一天，寺庙里来了一群上香的富贵人家的女子。那些闺中少妇和小姐打扮得真好看哪，头上戴的玉簪子珠花儿晃啊晃的就晃花了小和尚的眼。小和尚躲在帷幕后面，忍不住多瞄了几眼，瞄到一个小丫鬟。那小丫鬟在人群边傻傻站着，穿着一身嫩黄色的小裙衫，鹅蛋脸倒笑得讨喜。刹那间，小和尚感到自己心跳的速度比师父抽背《金刚经》时还要快一点。

佛家说，不是风动，不是幡动，仁者心动。

从此以后，小和尚起得比其他小和尚都早，在禅房里刻苦诵记经文，研修奥秘。他想，如果有一天能像师父一样站在正殿迎接贵客，他就能多看她几眼。小和尚不知道自己为什么想再看到她，也不知道再看到她有什么用处，他只是觉得能多看她几眼就好了。

过了一些年，小和尚终于有资格站在正殿和师父一起迎接贵客。他已经不会被玉簪子珠花儿晃花眼了，他几乎见过城里所有大户人家的女眷，她们长得都很好看。他还知道那户人家是城西员外郎家，可是他再也没有见过那个小丫鬟。

又过了一些年，小和尚成为那座寺庙历史上最年轻的住持，他精通佛法，远近闻名。他又见到了那个小丫鬟，她已经不是小丫鬟了，也戴了玉簪子珠花儿，依然在人群边傻傻站着，鹅蛋脸珠圆玉润，手里牵着一个七八岁的小男孩。时隔多年，他又想起了被师父抽背《金刚经》时的感觉。

他突然向她走去，在众人诧异的目光中，将手腕上那串伴随自己多年的珠子套在了男孩手上，说:“这孩子灵气可嘉，定有善缘，施主悉心调教，必能有所成就。”她眼里涌动着不可思议的神采，对年轻的住持投去感激的目光。高门深院，若有个前途远大的孩子做依托，想必生活不会太苦，他是这么考虑的。

学习，你给他个机会怎么样？”那哥们儿话还没说完，他就从座位上站起来，走过来揪住那个男生的领子喊道：“谁让你告诉她的？谁让你告诉她的？”

那时候我没心没肺，冷冷旁观，嘱咐另外几个关系不错的男生照顾好他俩就转身离开了。后来，我去了另外一所重点高中，每年都会收到一张他寄来的明信片，写着简单的“新年快乐，万事如意”。高考分数出来，收到大学的录取通知书，大家各奔东西。大一时，我又收到他寄来的明信片，不过三个字：“谢谢你。”署了姓名和地址，是西南地区某所知名“211”。后来便再无音讯。

如今想起这个其实跟自己没有丝毫瓜葛的男生，心里也会暖暖的，感谢他让我在他的生命中扮演了一个如此神圣的角色，即使我什么都没做。

我希望当有一天这个小姑娘突然对某个背影心动的时候，会想起小和尚。如果完美的爱情无法如愿来临，那么至少可以选择把它变成最美好的暗恋。

重要的是，在一起后，你们如何对待彼此

When I met you

聚会的时候，木子说她喜欢上了一个男生。故事很简单，他逛到她的唱吧，听到她的歌声，是一首小众的日语老歌。他给她留言，聊天，发现两人都在北京。见面、约会，顺其自然地牵了手。

我点头称许，现代女青年就应该这样干脆利落，飞叶摘花。

木子说，他恰好是她喜欢的样子。高个子、略胖，她手闲的时候可以捏他的脸和肚子；说话谨慎得体，不会随意打断她偶尔的高谈阔论；带她找各种好吃的，可能是路边的鸭血粉丝汤，也可能是五星级酒店的下午茶马卡龙；在她抱怨自己又胖了的时候温柔地说“比我瘦就行”；陪她玩各种无聊的把戏，两人一起自拍的时候知道

尔滨。

岁月流转，朋友们的交流平台从QQ空间转移到微信朋友圈。在女神的每一条朋友圈下，都能看到秒赞的三水。直到有一天，婷婷在朋友圈里宣布有了男友，一张自拍，她亲密地靠在男生的肩膀上，男生戴着鸭舌帽，帽檐下露出挺拔的鼻子和完美的唇形，却没有看到秒赞的三水。

三水半夜打电话给我，无语凝噎。

我说："哥们儿，找个好姑娘嫁了吧。"

寒假聚会，三水仍然忙前忙后地张罗。婷婷给我们看她男朋友的照片，女生们都惊呼"好帅啊"。三水默默吃菜，狠狠地嚼着嘴里的花生。晚上，男生们被安排护送女生回家，三水恰好被分给了我。

路过市里的大桥，他把车停在路边，说："陪我走会儿吧。"

天很冷，呵气成雾，打火机"啪"地一响，声音清脆。他绕过我，走到下风向，不一会儿，他的表情隐入烟雾："你知道吗，我特别怕婷婷找男朋友。不是因为我会失去她，我从来没得到过她，我也从来没想过有一天会得到她，我只是怕她找的男朋友还不如我对她好。"

他望着远方，又呼了一口气："我拼了命地对她好，就是希望她不要因为一些男生简单的技巧，就轻易地爱上他们。她值得最好的。”

我第一次听到这个沉默粗犷的男生吐露如此细腻的心声，心中有无数安慰的言语，却说不出口。

高中的时候，婷婷身边的闺密被三水用零食收买。婷婷因为痛经，体育课请假，晚自习的时候，一罐红糖水摆在她的课桌上；婷婷的芭蕾常常作为学校庆典的压轴节目，三水苦练摄影技术，蹲在台下捕捉她最美的瞬间，隔天修完片，存满照片的 U 盘就到了婷婷手上——后来我明白，如果你爱一个人，她在你的镜头中一定是最美的；即使到了大学，大家各奔东西，每年包括情人节、儿童节、中秋节、国庆节、圣诞节在内的所有节日，婷婷都能收到一份不署名的礼物和一束鲜花。

爱情就是这样子，本来就不公平。

大学毕业的时候，婷婷和男朋友分手了，她去了美国念书。三水回省城工作，家里安排他去了国企。朋友聚会日渐冷清，常常是到了 KTV，唱着唱着就成了听歌大会。大家各自玩手机，宁愿在朋友圈点赞，也懒得多说一句话。

三水从来不发朋友圈，而除了那条附有自拍的宣布有男友的信息外，婷婷的朋友圈下面都有三水的赞。

直到有一天，我上荒废已久的 QQ 空间，看到三水上传了一张这点钱。”

熟悉之后我才知道，他竟然是本市某龙头集团的公子，虽然私立中学不乏权贵，但若真计较起身家来，他大概能排进前三。

球场上结交的友情是真正的铁哥们儿情，没有经历过的人不明白，经历过的人都懂——无兄弟，不篮球。跟性别没关系，跟每一次传球、每一次挡拆积累起来的默契有关。所以我和这位公子哥儿也不可能发展出点什么，虽然从他身上实在找不出什么公子哥儿的习气，除了打球的时候总是一个人默默地去买水，再后来，聚餐的时候他也总是默默地出去找经理签单。

他不在的时候我们还偶尔 AA，如果他在场，就都是他埋单，而且他总是趁我们不注意的时候去埋单。等我们叫人来结账的时候，经理就会走过来客气地说：“已经有人签单了，大家请慢走。”

他总是苦恼自己成绩不够好，觉得很让父母丢脸，知道我成绩好，便常常向我请教学习方法。久而久之，我和他的关系越来越好。他偶尔会说一些心事给我听，比如他父母希望他接班，可是他想要白手起家；比如有了弟弟之后，父母对他越来越不关心；比如他看到隔壁班那个双马尾妹子的时候特别紧张。

嘿，这个死胖子，在高一那年，终于开了窍。

他追求妹子的方法很笨拙，但实在有效。第一个月送香水，第二个月送手机，第三个月他们就在一起了。

从那以后，我们就很少在球场上碰面了。我问其他人：“最近胖子都不来？”

他们坏坏地笑：“是啊是啊，陪老婆陪得紧呢。”

马尾妹喜欢喝奶茶，他就每天中午溜出学校，打车到市中心的奶茶店——听说那家店的奶茶最好喝，买好奶茶放到妹子的桌子上；马尾妹喜欢看电影，他就买了所有场次的电影票，连妹子身边的闺密都能收到一份；马尾妹抱怨说“哎呀，天气怎么变冷了”，第二天他就买了毛茸茸的围巾帽子手套耳罩，偷偷塞到妹子书桌里；有一次，他还难得地想起我来，请我吃饭，中间犹豫了几回，最后才羞涩地问道“你们女生来那个的时候……痛该怎么办”；好多个晚上，我们打球的时候，看到他陪着马尾妹在操场上逛圈，让他来打一会儿，他都摆摆手说“下次吧，下次吧”……

我们没有想到，他喜欢上的第一个姑娘就狠狠地伤了他的心。

他又开始来打球，男生们说话没有太多顾忌，直接就问：“怎么不陪你老婆了？”

他摆摆手，不愿回答，只说：“打球，打球，不聊这些！”

场下只有我俩站一块儿的时候，我就问他：“是闹矛盾了吗？”

他犹豫了很久：“有人说她和四班的 ×× 也好上了，我不敢问她……”他抬眼看我，“你消息灵通，你说，这是不是真的？”

我自然是知道这些八卦消息的。女生之间，这些话题永远是一线战报，说得有模有样的，有了风就能成雨。十六七岁的年纪，最不能掩饰喜恶，最讨厌收了男朋友许多礼物的女生，最讨厌徘徊在不同男生之间犹豫不决的女生，偏巧他家这位马尾妹把这些元素都占全了，但凡有风吹草动，一来二去，都能传到耳边来。纵然如此，我也不曾亲眼见到。就算我亲眼见到了，看胖子这么伤心，难道我还能再补一刀，真的把看到的事告诉他吗？

但凡男人向第三个人打听自己女人的消息，这消息在他心里，十之八九已经扎下根来了，这个时候，真不真的倒在其次了。

我只好安慰他：“你看我和你关系也很好，人家说难听的也有，不用管别人怎么说啦。”

他听了，似乎甚得安慰：“嗯，只要我对她好就够了。”

这事之后，据说他送了花、送了手表，件件出手不凡。他们还是模范情侣，出双入对。直到高二那年，他遵从家里的意愿准备出国。临走前，一起打球的兄弟们聚了聚，散伙后，他拉住我，说：“一起回中学看看吧。”

他说：“我现在最放心不下的就是她。我知道她和很多女生关系不好，你如果有空，就替我帮帮她吧。”

我说：“好，一路顺风。”

接下来的事情，大家有目共睹。他离开一个月后，那个女生就正式和之前暧昧过的男生在一起了。有与胖子比较熟的女生幸灾乐祸地把这条消息告诉了他。

胖子在QQ上问我：“是真的吗？”

我删删写写，最后回：“你相信她吗？”

过了很久，他回了一句：“嗯，我相信她。”

其实学校里稍微八卦一些的人都知道，胖子的女朋友脚踏两条船，一边抓着胖子不放，让他在美国给她带这带那的，一边和学校里的另一个富二代在一起，吃喝玩乐。然而，胖子说：“我相信她。”

话已至此，外人又能多说什么呢？

胖子到美国第一年的圣诞节，匆匆忙忙买了机票回家。双马尾妹早就不是双马尾，她拉直了头发，染了颜色，但表情一如既往地清澈无辜。胖子回国的时候，两人亲密如旧。胖子飞走后，马尾妹转身又和富二代在一起。

事情的发生很讽刺、很突然，又在意料之中。胖子帮马尾妹开通QQ会员的时候登录了一下马尾妹的QQ，结果遇上富二代刚发了消息过来，大意是：今晚我在哪家宾馆等你?

但我知道这件事已经是上大学之后了。胖子回国的时候，我和他约饭，又去中学逛了逛，忆起当年往事，他说："那一刻，感觉就像掉进冰水里一样。"

他俩分手之后，马尾妹在闺密团里宣称：美国的一个妞抢走了胖子，胖子移情别恋甩了她。

我喝了口酒，胖子微笑着说道，他现在和喜欢的女孩子在一起，上个假期去见了人家父母。胖子的笑容里还带着当年大男孩般的羞涩，说："毕业回来准备订婚。"

他和我聊天，不时回一条微信。我瞥到他微信聊天界面背景图中的女孩子，略显丰腴，穿着蓝色裙子，和他站在一起，两人笑脸相对。我的心里很是唏嘘，当年胖子走之前对我说的最后一句话是："我一定要回来娶她。"

不知道马尾妹会不会后悔，他的新娘不是她。这样一个男孩子，出身优越，洁身自好，对朋友仗义，对感情忠贞，在一起时掏心掏肺地对对方好，被伤了之后无怨无悔地独自疗伤，背后不曾说前任一句坏话，人前更无一丝抱怨。

这样的暖男不会变成渣男，永远不会，但是也会心伤心碎。姑娘，如果你想要一个暖男，就请你拥有配得上这份温暖的温柔。

虽然承认这一点令人沮丧，但确实有些人的心怎么也焐不热。她们要的是奴才，是保姆，是移动提款机，唯独不是暖暖的男朋友。

独我们班唱一首婉转的《军中绿花》。欧阳摸摸帽檐："你们班女生多，唱这首歌好听，绝对好听。我给你们示范一个，不过你们别听我的，回去找网上的练，你们别笑啊……"

后来，我们班果然凭这首歌拿了军歌比赛的第一名，又拿了队列训练的第一名，最后拿了全校方阵的第一名。教官走的时候，我们偷偷打听了时间，赶去校门口送了送军队大巴的尾气。

军训不过是大学生活的一个短暂插曲。等到十一过后正式开学，功课繁忙起来，社团、学生会之类开始招新，大家的注意力就都投入到了新的地方。

有一天，我和同学去学校的咖啡厅自习，她突然跑出去接了个电话。回来后她说："可逗了，我都没听出来，突然让我立正、稍息、小跑出门，然后问我：'你知道我是谁吗？'"

我惊呆了："难道是欧阳？"

她点点头："嗯，我也是跑出去之后才反应过来，他问我，我们班开学后都还好吗……"

接到欧阳电话的还有我们班负责和欧阳对接的胖班长豹子。豹子深切转达了欧阳教官对我们的挂念，声称他冒着重重危险打了这个电话，还说他十二月就要转业离开部队了。

我知道，他压根儿不是挂念全班同学，不过是挂念她罢了。十一月的时候，欧阳发了封人人私信，问她十二月有空吗，他在北京找了份工作，马上就要调来北京了，想请她吃饭。

我同学回了一句："哇，是请我们全班吃饭吗？"

欧阳回道："不是，只想请你吃饭。"

故事到这里就戛然而止了。她没赴他的约，却读懂了他的一片心意，也婉拒了不可能回应的一片心意。

后来，每年过年她都能收到一条群发的短信：祝学业进步，身体健康。

也偶尔看到他的人人状态，离开部队了，到北京工作了，又调回青岛工作了，事业发展得很好，开始相亲了，快要结婚了。

一场真挚的付出大概就是这样了，想要就努力争取，得不到也释然。没有哗众取宠，没有死缠烂打，没有平添压力，唯剩下一片海阔天空，彼此祝福。

断，第三次失恋黯然销魂……第N次失恋终于练就刀枪不入百毒不侵的金刚罩体大神功；或者每一次失恋都天崩地裂天塌地陷天昏地暗，直到再也折腾不动。

终于发现，避免失恋的最好方法，就是不恋。

风不动，幡不动，心亦不动。老僧入定、浪子回头，一个看破，一个看淡，不外是这两种心境。

可是，像我这种初入红尘的小妖怎么办？

难道必须像那些飞升多年的家伙一样，挨过一次又一次天打雷劈，经历过一场又一场悲欢离合，然后才能对曾经爱过的人矜持一笑，说“好久不见”吗？

不要不要我才不要。

大不了，我也不谈恋爱了。

老僧、浪子和老家伙们都笑了：“我们用大半辈子修行得来的境界，岂是你这小妖说声不要就能达到的？”

有腼腆的少年悄悄把早饭放在我的课桌上；有酷酷的少年穿着我喜欢的球队的球衣晃过我的面前；有英俊的少年驾着他爸爸的“五彩祥云”问我是否愿意上车；有带着坏坏的笑容的少年请我看电影，黑暗中想要牵我的手……我想着前辈们飞升之前，三小劫，六中劫，九重天劫，稍有不慎，魂飞魄散，心想不要染上情劫，我宁愿一辈一月的时候，欧阳发了封人人私信，问她十二月有空吗，他在北京找了份工作，马上就要调来北京了，想请她吃饭。

我同学回了一句：“哇，是请我们全班吃饭吗？”

欧阳回道：“不是，只想请你吃饭。”

故事到这里就戛然而止了。她没赴他的约，却读懂了他的一片心意，也婉拒了不可能回应的一片心意。

后来，每年过年她都能收到一条群发的短信：祝学业进步，身体健康。

也偶尔看到他的人人状态，离开部队了，到北京工作了，又调回青岛工作了，事业发展得很好，开始相亲了，快要结婚了。

一场真挚的付出大概就是这样了，想要就努力争取，得不到也释然。没有哗众取宠，没有死缠烂打，没有平添压力，唯剩下一片海阔天空，彼此祝福。

断，第三次失恋黯然销魂……第 N 次失恋终于练就刀枪不入百毒不侵的金刚罩体大神功；或者每一次失恋都天崩地裂天塌地陷天昏地暗，直到再也折腾不动。

终于发现，避免失恋的最好方法，就是不恋。

风不动，幡不动，心亦不动。老僧入定、浪子回头，一个看破，一个看淡，不外是这两种心境。

可是，像我这种初入红尘的小妖怎么办？

难道必须像那些飞升多年的家伙一样，挨过一次又一次天打雷劈，经历过一场又一场悲欢离合，然后才能对曾经爱过的人矜持一笑，说“好久不见”吗？

不要不要我才不要。

大不了，我也不谈恋爱了。

老僧、浪子和老家伙们都笑了：“我们用大半辈子修行得来的境界，岂是你这小妖说声不要就能达到的？”

有腼腆的少年悄悄把早饭放在我的课桌上；有酷酷的少年穿着我喜欢的球队的球衣晃过我的面前；有英俊的少年驾着他爸爸的“五彩祥云”问我是否愿意上车；有带着坏坏的笑容的少年请我看电影，黑暗中想要牵我的手……我想着前辈们飞升之前，三小劫，六中劫，九重天劫，稍有不慎，魂飞魄散，心想不要染上情劫，我宁愿一辈个英文名字和生日组合的 Gmail 邮箱，打算用来写情书。毕竟在文艺青年眼中，写情书如此隆重的事情，必须有与之匹配的仪式感，比如净手焚香，找一家安静的咖啡厅，最关键的是要安全，因为它是恋人之间的一级机密。

艾先生收到它的时候，一定得是下午三点三刻。

我精心计算了时间，并且坚信这是一个完美的时间。工作了大半天的艾先生，午睡已醒，他一定冲了一杯咖啡。要紧的工作已经在早上处理完，他现在也许看着新闻，间或有工作邮件进入他的 PC[1]。这个时候，“叮咚”一声，他又收到一封邮件，他像对待一份普通的会议记录一样对待它，可是当他打开它的时候，他会看见养眼的开头：“亲爱的艾先生……”哦，他终于发现这是一封情书。

我想我没算错，因为四点的时候，我的 QQ 上突然弹出视频窗口，艾先生在屏幕那边笑意盈盈：“写得不错。”我想，这表情应该和他夸奖下属时不一样，他夸奖别人的时候，表情还是很严肃，可是此时此刻，他的眉眼是融化的。

我此时的表情一定很像偷吃成功的小老鼠，只知道哧哧地笑。

他问我：“你不是不用 Gmail 吗？”

1　Personal Computer，个人电脑。

“可是，你说它很安全呀，”我调皮地眨眨眼，“你还说 QQ 视频很幼稚呢。”

艾先生定定地看着我，唇角微微扬起，眼眸染上从窗户爬进来的阳光，眼睛里是整片晴天。

可惜这样的时间毕竟是少数。他工作越来越忙，常常给我留言：对不起，今晚我不能陪你视频聊天了。

一连数天如此之后，初尝爱情滋味的我终于知道了异地恋的销魂之处，而我俩之间的第一次冷战也爆发了。在艾先生忙完之后的半个月，我要么给他留言“对不起，我今晚要去参加 ×× 的聚会”，要么就是拖到很晚才登 QQ，聊不到两句就开始打哈欠，说：“哎呀好困，我要去睡觉了。”

怪不得人们说小作怡情，大作伤身。有一天，我突然想到他还有个微博，就悄悄注册了一个微博账号，根据他常用的 ID 找到了他的微博。不看还好，一看事情就更大了。

在他工作很忙的那几天晚上，他竟然还有空发微博和回复评论。女人总是对这些细节极其敏感，我接着往前翻，发现他对着镜头说想我的时候竟然在微博上和女性朋友讨论谢耳朵的新梗；他对我说下班要开会的时候，竟然在微博上发和某位老友聚会，聊得很开心；他对我说晚安之后，竟然在微博上发了某部电影的观后感。

突然，这段感情在我眼中岌岌可危。虽然我很想念艾先生，但我不再用 Gmail 给他写情书，他也不再在 QQ 上给我留言。

突然，我发现我和艾先生之间的联系薄弱得可怜，如果我和他再保持这样的状态一个月，我们就会自然而然地分手。而如果就这样分手，谁又说得清楚，我们分手的原因到底是什么呢？这会是一件多么荒谬的事情啊。

所幸在我们冷战第二周的周末，艾先生终于想起给我回信了，我们又开始恢复通信。一切都跟以前一样，一切似乎又和以前不一样了。

我百思不得其解，难道是因为我不用智能手机，所以无法用微信时时聊天吗？于是我迅速入手了一部苹果手机，下载了微信，我们所有的联系都转移到了微信上。可是我仍然觉得哪里不对劲。我们缱绻相望，虽然隔着摄像头和手机屏幕，彼此之间的情意仍清晰可见；我们互道晚安，虽然隔着电流，但听着他的声音，似乎能感觉到他在身边。

直到圣诞节那天，我在机场接到突然回北京的他，奔入他的怀里，那一刻我才明白，原来，所有的通信工具，都比不上一个亲身的拥抱。

我知道艾先生也是这么觉得的，因为他抱我比之前任何一次都紧。

单恋是一场孤独的守望

When I met you

我有过十几任同桌，但好像一直以来，在我的世界里，这个名词，仅仅属于他。

小学搞素质教育，每个人都得报一个兴趣班。我本打算去写作班，可听到他跟前排的男生说要报奥数班，我就悄悄改成了奥数。

上课的时候，但凡布置什么需要和同桌配合的任务，比如英语对话朗读，我就会特别雀跃特别积极，拉着他认真练习，比其他组多练上好几遍。老师问哪组同学愿意展示，我就唰地举起手。他很怕在公共场合讲话，一站起来就涨红了脸，每次坐下之后都恶狠狠地警告我："喂，下次不准举手啦！"

语文课听写完新词之后，往往是同桌交换本子互改。我总是故意写错一两个，他就会得意地用红笔把我的错字圈起来，还不忘嘲笑：“你好笨哦，竟然把‘叠’字中间的盖头丢了！”看到我的作业本上留着他的笔迹，我觉得特别满足。

遇上无聊的课，我们就把漫画或者小说放在课桌中间，我的左手压着书的右侧，他的右手压着书的左侧，看到有趣的，两个人一起捂着嘴哧哧地笑起来。偶尔他翻页的时候会不小心碰到我的手，那是我一天里心跳最快的时刻。

体育课上，我用余光偷偷瞧着他，如果看到他和某个女生说了很久的话，那一节课我都会不太开心。

开家长会，班干部得帮忙，我的职责便是站在教室门口，然后把家长带到孩子的座位上。我等啊等，终于等到一个穿着酱红色长裙的女士来问我：“同学你好，请问 ××× （他的名字）坐哪儿？”我跟她打完招呼，把她带到座位上，看到我妈妈和他妈妈聊着天，嘴角就不自觉地上扬。

我常常帮他修改作文。我们一起参加区里的作文竞赛，我帮他修改过的文章至少可以拿个三等奖回来。直到有一天，他拿出一张纸，羞涩地问我能不能帮他改。我抖开一看，是写给另外一个女孩子的情书。

我笑得格外欢畅，一边修改一边讥讽他：“追女孩子怎么能这么写？”他脸上浮现出别扭害羞的红色。我喜欢的男孩子终于有喜欢的女孩子了，却不是我。我羡慕她、嫉妒她，却和她做了好朋友，打听她喜欢什么颜色、爱喝什么饮料、周六都去哪儿玩，然后回到座位上，装作不经意地透露给他。

他为她画一幅卡通，是我们当时一起玩的游戏人设，她是玄彩娥，他画的就是玄彩娥。他在课上画这幅画，我为他打掩护。一路上跌跌撞撞的追求，我为他出谋划策，直到他难过地告诉我，他被她拒绝了。看着他沮丧的样子，埋在手臂里的眼睛隐隐透出亮晶晶的光，我才明白，原来喜欢的人的难过，比自己的难过，更让我难过。

毕业的时候，大家互写同学录，我留了首拆字诗，把他的名字拆成六个部分藏在诗里，我也不知道他到底有没有找出来。

后来我俩去了同一所中学，被分在不同的班级。月考前十名会在光荣榜上贴出照片，我怕他忘了我，于是努力学习，每次都可以把照片放上去。光荣榜在教学楼一楼大厅的墙上，我想，他路过的时候能看上一眼就好了。

整整三年，我的照片总贴在那儿，几乎所有比赛的获奖名单上都有我的名字，晚会的主持、校报的文章、开学仪式的发言也常常出现我的身影或名字。

我的耳朵总能捕捉到他最新的八卦，他恋爱了，他失恋了，他被劈腿了，他打架了……然而在各种场合碰到，只不过淡淡地打声招呼，擦肩而过。我回首望他，一望数年，望到目光里再也没有波动。

这样一场孤独的守望，到头来只成全了自己，却没有得到喜欢之人的回首。

这未尝不是最好的结局。终于明白，即使你再优秀，也不一定能赢得想要的心。

爱情真是一个只有死门没有活路的战场，醉卧沙场君莫笑，

古来征战几人回？我的选择，不过是留一具全尸，然后马革裹尸还。

你的目光，我的星辰

Chapter 2

愿所有的付出都不求回报

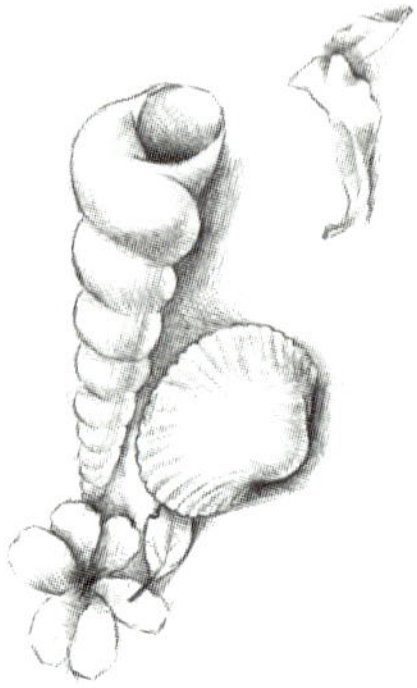

When I met you

私信里总是有很多网友诉说情感困惑，许多问题归结起来，不过是一句：为什么我对他/她那么好，我们还是没有走到最后？

每当这个时候，我就想把下面这两个故事讲给他们听。

第一个故事里，他和她是大学同学。他们都来自四五线小城市，在北京这个空旷又拥挤的城市里，寂寞或是彼此的温暖让他们走到了一起。她成绩优异、聪明能干，人又漂亮，偏偏和憨厚老实的他成了一对。旁人都羡慕他运气爆棚，让他一定好好疼媳妇，他对她也一直好得令周围所有人羡慕。虽然家里给的生活费不多，但他勤快地做着几份兼职，总能把最新款的苹果手机送到她面前；她偶尔提及某某姑娘用的彩妆真好看，他就偷偷记在心里，悄悄跟人打听，圣诞节的时候买回来，看到她惊喜的表情，他觉得这就是最幸福的时刻。

大四那年，她说想要出国，他却讲不出让她留下的请求，说好的一毕业就结婚呢？她说："等我回来再结婚好吗？"他沉默着答应了。她那么优秀，和自己在一起已经受了委屈，他怎么能妨碍她的理想呢？他拒绝了家里安排的公务员职位，留在北京打工，租了间地下室，每个月省吃俭用，把工资兑换成美元给她汇过去，跟她说："在外面不要吃苦，我等你。"

两年后，她回来了，挽着西装革履的青年才俊："大强，你难道不觉得咱们俩一开始在一起就是个错误吗？我想劝自己放弃一切陪你回老家，可我也有自己的梦想和抱负啊，你根本不明白我要的是什么……我们分手吧。"

他沉默地答应了，一如当年沉默地送她飞走。他辞职，回老家当了公务员。父母问："小琦怎么不和你一块儿回来？"他低着头不说话。久而久之，父母也不问了，只催他早点结婚。单位里的大妈给他介绍了自己的侄女，那姑娘长得不惊艳，性子柔顺，说话时会害羞地低下头，还是上海某名牌大学的毕业生。他问她为什么不留在上海，她一笑，习惯性地低下头："父母老了，多陪陪他们吧。"

在一起半年后，他向她求婚。父母出首付为他们买了新房，女方家买的车，小两口一起还房贷，日子过得平平淡淡，却令他觉得安心。

第二个故事里，她和他是大学同学。他们都来自四五线小城市，在北京这个空旷又拥挤的城市里，寂寞或是彼此的温暖让他们走到了一起。他成绩优异、聪明能干，人又帅气，偏偏和貌不惊人的她成了一对。旁人都羡慕她运气爆棚，让她把他看紧了。她羞涩一笑，当时她鼓起勇气向他表白只是为不让青春留下遗憾，没想到他答应了。他们在一起后，日子很温馨，两人一起上自习，一起去食堂，节假日也能攒点小钱去北京周边走走。她的第一次给了他，他吻着她说："毕业后我就娶你。"

大四那年，他说想要出国，她却讲不出让他留下的请求，说好的一毕业就结婚呢？他说："等我回来再结婚好吗？"她答应了。他那么优秀，有志向、有能力，她怎么能妨碍他的理想呢？她拒绝了家里安排的公务员职位，留在北京打工，租了间地下室，每个月省吃俭用，把工资兑换成美元给他汇过去，跟他说："在外面不要吃苦，我等你。"

两年后，他回来了，却告诉她："小梦，你难道不觉得咱们俩一开始在一起就是个错误吗？你向往平淡安稳的生活，可我需要一个能和我一起奋斗拼搏的伴侣……我们不合适，分手吧。"

她冷笑，两年的职场生涯早已让她退去稚嫩，懂得为自己争取利益："你先把这两年的生活费还给我！要是没有我，你能把两年的硕士念下来？现在要分手，门儿都没有！刘大志，你这个忘恩负义的东西，你当年是怎么承诺我的？"

她四处宣扬，闹得大学同学尽人皆知，所有的人都来劝他莫要辜负她，甚至他的父母也语重心长地对他说："小梦是个好姑娘，你不在的这两年，她总是打来电话嘘寒问暖。"他们最终还是结婚了。他进了北京一家外企，她把工作辞了，说："我辛苦了两年还不能休息会儿吗？"他想起两年里她省吃俭用，住地下室、吃泡面，无言以对。她怀孕了，他的工作正好到了瓶颈期，事务多、压力大，常常加班到深夜。她疑心他在外面有了女人，他一回家她就大吵大闹。他上司的女儿刚从英国回来，暗示过他几次，但他每每想起她住地下室的两年苦日子，就提醒自己千万不能对不起她。他头痛，更加不想回家。小组庆功宴那天他喝多了，醒来时看到上司的女儿赤身裸体地躺在身边，看他醒来，她妩媚一笑："怎么？我还比不过那个黄脸婆？"

不要在意这两个故事里的性别，你互换一下也无妨。

付出有很多种，归根结底可以分为两种：求回报的和不求回报的。当然，不求回报也是相对的。

第一个故事里的男孩子，他的付出是基于爱，一种有回报最好，没有也不强求的赌徒似的爱。最后，他赌输了。

愿赌服输，这真是爱情里最高尚的品德。

第二个故事里的女孩子或许在生活中更常见一些，她的付出也是基于爱，却一定要有回报，没有回报也要逼着对方回报。第二个故事的结局是什么呢？就是两个人都输了。

我们看了太多美满的故事。电视剧、电影、言情小说、旁人带着羡慕之情的讲述里，我们接收到的多半是赢家的故事，一见倾心、两情相悦、三生有幸、四美俱全、五福临门、六畜兴旺、七窍玲珑、八九不离十缠缠绵绵就到了白头。我们希望自己能遇到第一个故事里的男主角，却往往容易成为第二个故事里的女主角。爱情开盘的时候，我们下赌注，总觉得可以连本带利赢回来——年轻的激情和热恋的缱绻给了我们过多的自信。然而，现实往往喷我们一脸狗血。

上学的时候，你一定见过许多学习极其认真的孩子，午休时间，他们留在教室里写作业；体育课，他们留在教室里写作业；活动课，他们留在教室里写作业；团队组织看电影，他们留在教室里写作业……他们永远在写作业，有不懂的题目就跑去办公室请教老师，看完厚厚的辅导书又开始做各校的模拟试卷……总之，如果你不是一个刻薄的人，你很难在努力的层面上挑出他们的错误来，但他们就是成为不了第一名。他们如此努力的结果是偶尔进入年级前三十名，但真的很难挤到前三甚至前十。

于是，我们觉得奇怪。如何看待认真学习却拿不到高分？如何看待为一个人付出那么多却得不到他/她的回应？如何看待辛勤工作却总是得不到升迁机会？如何看待花了那么多时间学英语却还是过不了六级？如何看待一个善良的人遭遇了许多常人不曾遭遇的厄运？

这些问题模糊了我们对“一分耕耘，一分收获”的认知，我们终于明白付出和收获是不对等的。或者说，上帝写的公式，人类怎么能看懂呢？

付出到底有没有回报？如果有，那为什么还有这么多让人难过的故事？如果没有，那我们还要不要继续付出？

我也没有答案，唯有祝福——愿所有的付出终有回报，也愿所有的付出都不求回报。

爱情来临的时候，我们都生病了

When I met you

Ⅰ. 鸡眼

十八岁那年，我穿堂走巷，见到大块白色板子上血淋淋的仨字儿：挖鸡眼。

江湖游医气定神闲，一手拿着茶壶，一手摇着扇子，问：“小姑娘，两块钱一个，挖不？”我沉默不语，加速走开，心里却惦记上了鸡眼——这是个什么玩意儿？

广告板旁边的电线杆上贴满黑白印刷的牛皮癣，目之所及皆是“梅毒”“淋病”等触目惊心的加粗字体。我想，这游医的挖鸡眼既然和这些东西摆在一块儿，必然不是什么好东西。

十八岁那年，我分花拂柳，看到普罗男女你侬我侬尽显贪嗔痴妄，竟将这称作爱情。

云淡风轻，傍花随柳。人说情爱滋味，如人饮水，尝不？

少女微微一笑，嗤之以鼻。我自有七窍玲珑心，何羡沙暖睡鸳鸯。

身边的恋爱像那些挂在橱窗里的当季时装，好看却代价高昂，挑逗蠢蠢欲动的心。试过的人多，买下的人少。过了这个季节还会有很多衣服挂出来，那么就等下一个季节吧。

过了两年，脚底突然长出小硬疙瘩，隐隐作痛。有经验的长辈瞧了一眼，肯定道："就是鸡眼。"我想起十八岁那年穿堂走巷见到的血淋淋的三个大字，觉得这个世界很神奇。原来鸡眼的学名叫"圆锥状角质增生"。你知道角质增生吗，就是在一个点上，长出一层又一层的肉刺，老皮死而不褪，新皮生而不覆。等你发现它——碰它能感觉到痛的时候，它已经纠缠在你的皮肤里，与血肉连在一块儿。

就像等我发现爱情滋生的时候，它已经长在我的心尖，挖了又长，除非把心挖穿，血肉模糊。

我最怕的两样东西终究还是来了，出现在我的生命里，让我措手不及。

如果有机会见到那个十八岁的少女，我一定要告诉她：不要害怕鸡眼，不要害怕爱情。

因为，有生之年，狭路相逢，终不能幸免。

Ⅱ. 过敏

大半夜被嗡嗡君吵醒，发现腿上肿起几个大包，看来是过敏了。

一年到头，我似乎都在过敏。朋友建议我去做个过敏源排查，我不去。

在我的过敏史上，我曾对海鲜过敏，曾对酒精过敏，曾对花粉过敏，连下几天雨还能对湿气过敏，季节之交身上也必然状况不断。

可我特爱吃鱼，偶尔又嗜酒，看到花就忍不住凑过去，老天爷下多久的雨亦不在我的管辖范围之内，如果真去做劳什子过敏源排查，从今往后，因为那一张长长的过敏源单子，束手束脚，生活便失了许多趣味。倒不如及时行乐，想吃鱼时吃鱼，想喝酒时喝酒，想赏花时赏花，过敏也不过发几天疹子，挨一挨就过去了。

最重要的是，我发现我对爱情也过敏。

遇到他的时候，心上发满了疹子，越挠越痒。

他看着我说："我不愿意辜负你，但我俩真的很难走到最后。"

我笑了："那就试试吧。"

我只问了自己一句：如果错过他，我会不会后悔？就像吃鱼会发三个月的痘痘，使我面目全非、痛苦难耐，那还吃不吃？

一段希望渺茫的感情，在其之后要承担的太多了。若感情未到深处，理性便能主导行为，选择不开始；若爱得无法无天，那么，要么承担失去爱的风险——毕竟在一起比不在一起更容易消磨爱情，要么承担还爱着他却失去他的风险。

如果两种风险都不愿意承担，那么恭喜你，你对爱情并不过敏。

Ⅲ. 感冒

巧克力先生在朋友圈发了一张截图，截图上有这样的内容："有一天你一定会认同这句话：有的人因为太重要，便选择做朋友，因为朋友永远比恋人走得远。"

我在下面回了两个字：狗屎。

这句话在微博、贴吧、论坛以及 QQ 空间被频繁转载，配上画风忧伤迷离的插图，出现率简直高得瘆人。出处不可考，但是感谢我坑爹的记忆力，九年前我曾经在《青年文摘》上看到过它。之所以记得，大概是因为我化用过它。

那时候我碰上了让我非常头疼的一件事，好朋友向我表白了。

我不可能接受对方的表白，但愧疚于或许会使人伤心，又不愿以后见面尴尬。幸亏隔着电脑屏幕，我的窘迫为难才得以缓解。那时候我想，我得让他明白他其实不是喜欢我，只不过是喜欢一种感觉而已。现在回想起来，真是啼笑皆非。总之，对话就这么展开了。

我说："如果我学习不好，你会喜欢我吗？"

他说："可能还会吧……"

我说："再加上我长得很丑，你还会喜欢我吗？"

他说："不知道了……"

我说："那再加上我长得很胖，你还会喜欢我吗？"

他说："那应该不会了……"

我心里松了一口气："你看，你喜欢的其实是一个学习不错、长得还行、身材尚可的女孩，而不是我。我总觉得真正的喜欢呀，应该是关于灵魂的，灵魂是没有成绩没有长相没有身材的……"

他说："你说得有道理，但我现在就是喜欢你啊……"

我说："那如果我们在一起，可能过段时间就会分手，到时候我可能就再也不会和你说话了，你愿意看到这样的局面吗？"

他说："不愿意……"

我说："对啊。如果我们做朋友的话，以后当你遇到真正喜欢的女孩子，我就可以给你支着儿，帮你追她；等我遇到喜欢的男孩子，我也可以和你分享。如果以后我们在不同的城市扎根，逢年过节还可以带着孩子去找对方玩，到时候偷偷告诉孩子，爸爸那时候还喜欢过这个阿姨呢。你不觉得这是更美好的事情吗？”

他沉默了一会儿，说：“好像是的。”

我说：“做朋友很轻松就可以一辈子，做恋人很辛苦都未必能维持很久呢。”

他说：“原来是这样，那我们还是做朋友吧。”

后来，我们成了非常非常好的朋友。他遇上了真正喜欢的女孩子，我还真的给他出谋划策。他们在一起两三年，见了父母，对未来的计划里都有对方，打算在他们上大学的城市一起生活，当然这是后话了。

其实我已经记不清是先发生这段对话，还是先看到那句爱情格言的了，但这并不重要，我只不过想借这段对话来说明单纯地讨论是没有意义的，某句话在某个语境中到底发挥了什么作用只有还原语境才能略窥一二，剖析自己大概更靠谱一些。

有的人因为太重要，便选择做朋友，因为朋友永远比恋人走得远。有一天你一定会认同这句话？

那时候，我被这句话迷得七荤八素。而当过了九年，再来看这句话时，我终于可以笑一笑，然后说“狗屎”了。

事实上，说这句话的人没有选择权。作为感情优势方，你不想和对方做恋人；作为感情劣势方，你没有办法和对方做恋人。哪里来的选择？即使有选择权，两者的可选项也是不一样的。前者的想法是，要么做朋友，如果不，那只能遗憾地连朋友都不做了；后者的想法是，朋友总比什么都不是来得好一些。

这么说是不是很残忍？事实当然没有这么残忍，因为很多人不会成为朋友，不会成为恋人，而只会成为路人。

谁要和你做朋友啊？能做朋友的，通常有着岁月积淀下来的情分，或者还有那么一点未尽的缘分。情分和缘分都是可遇不可求的，并不是想要就能有的。

我们总是希望交往可以简单一点、省力一点，要么老死不相往来，要么永远甜蜜快乐。我们总是急于定义一段关系，这样就可以确定一个范式，按照教科书上写的步骤来答题。如果是朋友就这样，如果是恋人就那样，如果是陌生人就这般，另外，还有最熟悉的陌生人……简直是不贴标签不成活。

可人与人之间的关系是那么复杂，朋友和恋人这种大而化之的标签一旦放在个体之上，就立马失去魔力。它们在大部分时候当然是很有用的，但人与人交往的魅力正在于不可复制的细节，尤其是两性之间。人对细节的处理能够反映其与众不同的特质，两个陌生人要走到一起，特别是在双方对自身的认知还不那么客观、对自身的能力还不那么自信的时候，会有大量的猜疑、痛苦和茫然……但同时，这纠结和反复也有不可对外人言说的甜蜜，因为一句话就高兴，因为一句话就伤心，这种反反复复的“过山车”，回头看去，只有身处其中的人才体会得到其中的妙处。

我想，恋爱作为人与人交往的一种形式，归根到底是人寻求理解、自觉或不自觉地探索未知世界的一种模式。毕竟一个人无论怎样都是 alone，都是 self，都陷在自己的世界里不可自拔，而突破自我界限的追寻注定是一场冒险。既然是冒险，谁能知道后果啊？

这事就像感冒，自己喝水、休息，体会自己的无助和弱小，然后调整心态，强打起精神，去打这一场又一场美好的仗。许多成长都是在当年的委屈和现在的一笑泯恩仇中获得的。

当然，还有些人觉得亲密关系的磨合太麻烦了，他不要了，一个人挺好，这一点问题也没有，但这个决定得本人来做，别人插不上手。

所以碰上感情的事，其实不需要咨询，其他人说什么都跟自己没关系。这就像感冒的时候别人告诉你，多喝水啊，而感冒之前别人告诉你，注意保暖，别感冒啊。

爱情来临的时候，我们都生病了。

当我们失恋时，
我们失去了什么？

Part 1　哪个瞬间让你真正意识到失去了某个人？

问这个问题的人，是在假设谁曾经拥有过谁。

其实没有一个人会真正拥有另一个人。偶然的靠近会让你产生错觉，好像这个人属于你了。他注视你的时候目光如水，你在他眼睛里荡漾出一圈又一圈的涟漪，好像就这样进到他心里去了。

不谙世事的室友与初恋分手之后，几个月都沉浸在旁人无法伸以援手的悲伤中，我唯一能做的就是陪她喝酒。有一天，她终于喝厌了，把酒瓶推开，说想吃甜品。

甜品店里播放着泰勒·斯威夫特的新歌，沙发区坐满了郎情妾意的小年轻。她狠狠地挖了一勺抹茶慕斯，说：“我今天看到他了，他身边有个女孩子，他对着她笑。”

我说：“对着她笑也不能说明她是他的新女友啊。”

她说：“就像对我笑那样。”

我至今忘不了她说这句话时的眼神，就像一块完整的玻璃毫无征兆地从中间裂开，碎片哗啦啦地掉落下来。

她终于明白，他用怎样的眼神看她，必定也曾用怎样的眼神看他的旧爱们，还将用那样的眼神去看他的新欢们。很多时候，我们容易忘记，恋爱只是人际交往中一种较为特殊的形态，一个人对待别人的行为模式大致上是统一的，如果他对别人很温柔，或许对你尤为温柔，然而这只是程度上的区分，并不是言情小说、恋爱电影中美化过度的独一无二的温柔。他为你系安全带，也会轻声提醒朋友系安全带；他为你开车门，也会小心地为家人打开车门；他为你写情诗，也曾为初恋情人写情歌；他不曾忘记送你任何节日和生日礼物，还将为他未来的妻子备下无数份结婚纪念日惊喜……他为你做的一切永远不会是唯一的，只不过是面对你时程度不同却并非独一无二的礼遇。

所以，“真正”意识到失去，大概就是明白了从来没有也不会有真正的拥有。

Part 2　分手时，是提出分手的人更难过，还是被分手的人更难过?

分手的实质，是一个信号：我们就到这里吧。

提出分手，不过是在言语上明确这个信号，至于谁主动、谁被动，都没什么关系，因为这个信号绝不可能仅仅发生在分手说出口的那一刻。

或许是几个月前，你们聊天的频率慢慢地下降了，你给他发微信，久久等不到回复，却在共同好友的朋友圈里看到他的留言；或许是哪一次逛街，他竟然不牵你的手了，于是你撒娇，主动挽住他的手，他却挣脱开来，淡淡地说一句“天很热呢”；或许是某一次约会，你特地换了他从没见过的新裙子，他却没多看你一眼，花了一个小时零八分低头刷朋友圈；或许是新片上映，你兴冲冲地买了情侣票，说“亲爱的，我们去看吧”，他却皱了皱眉，说“这种傻 × 电影有什么好看的”——可是，在最初的时候，你们明明一起看过更多更傻 × 的电影。

也许是这些细节太琐碎、太表面、太不动声色，并没有牵涉到什么原则，所以你拒绝接收这些信号，用简单的理由掩盖心底的不安。不就是晚回了几条微信嘛——他工作忙呀；不就是不牵手嘛——都老夫老妻了，牵手很肉麻啊；不就是刷朋友圈嘛——和朋友也得多多联络感情嘛。至于同桌的你我他、左耳右耳啥的，好像确实没什么好看的。

明明是蹩脚的借口，却足以屏蔽那些信号。双方始终不在一个频率上，一方或许出于愧疚，出于减少这种愧疚的心态，迟迟没有发出更为强烈的信号，而另一方就这样既忐忑不安又心安理得地拔了信号器电源，反正只要还在一起就好了嘛。

傻瓜，哪里需要什么小三去触及底线。爱情唯一的底线，不过就是不爱了。在不在一起有什么重要的呢？又何必追究是谁提出的分手呢？他提或者你提，有什么区别吗？这个时候再来比谁更难过，又有什么意义呢？

一方自以为是的关怀不过使得拒绝接收信号的人彼时更为撕心裂肺，因为信号迟早是要到达的；而另一方以鸵鸟心态采用了最糟糕的一种方式来拖延一段早已死亡的爱情，何苦来哉？

我的第一段感情是我提的分手，因为对方发出了信号。那时候我简直无法想象，我那样深切地爱过他，如果不爱他了，我该怀着怎样的感情去面对他呢？两个真心相爱过的人分手后到底还能不能联系呢？难道我就这样永远地失去他了吗？如果有一天，我在街头偶然遇见他，他抱着他的孩子，陪伴着他的妻子，我和他之间，究竟还剩下什么？是的，我不是没有接收到他的信号，只是信号来得太突然，而我想得太复杂。

我想不明白，如果爱情离开了，是不是爱过他的那个我也会消失呢？我把我的苦恼讲给一位极为信赖的朋友听。隔着电脑屏幕，好像还隔着两声叹息，朋友发过来四个字：还有情分。

而“情分”这两个字给了我说出分手的勇气。

爱情真是一个只有死门没有活路的战场。醉卧沙场君莫笑，古来征战几人回？我的选择，不过是留一具全尸，然后马革裹尸还。

关于理想的爱情，我从来都把好聚好散排在首位。我不能忍受的，是相爱过后却生了怨憎之心，到头来，恶言相向，对外说起，竟觉得时光虚掷，还不如从没在一起的好。

可我是听到了的，说出分手那一刻，胸口真的有什么东西碎了、掉了。然后我僵硬地转身，想起了 1990 年版《封神榜》里比干被挖心的场景。

“空心菜有没有心？”

老妇说：“没有。”

“人没有心会不会死？”

老妇说：“当然会。”

是啊，他没有叫住我，也没有追上来。

Part 3　如何治愈失恋后遗症？

失恋后遗症和失恋并发症不一样，虽然它们的临床表现常常让人分辨不清。

失恋并发症没有那么可怕，不过是难舍难忘。无论走到哪里，无论看到什么或听到什么，都会想起他，无法自控地联系他，做出很多令自己难堪难受难为情的事，这往往也会成为对方的困扰。也许你还会抓住早就不耐烦的好友喋喋不休地讲述那些令你心碎的细节，把恋爱时留下的痕迹拿出来翻来覆去地看。不想学习，不想工作，不想看新的电影，不想听新的单曲，不想买 new arrival（新品），不想要 new friend，你甚至觉得你可能永远都忘不了他——这些都不是大事。

真正严重的是，你可能会失去爱的能力。这是失恋最可怕的后遗症，它的潜伏期很长，对生活也不会有明显的影响。

只是自此以后，悠悠岁月，好像了无牵挂，滚滚红尘，不过一堆白骨。

早知道伤心总是难免的，你又何苦一往情深。

既然投入免不了背叛，既然相爱也难免陌路，那我们还要爱情干什么？

我曾经用很多美到令人心碎的故事回答过一个不可能有答案的问题：如何快速走出失恋？很多人都感叹，故事很美，却没有道理。看了这些评语，我只能苦笑，谁曾见过失恋的人靠听道理得到拯救？

一个失恋的人通过听各种道理——无论是别人灌输给他的还是他自己灌输给自己的——“快速”走出失恋，其实不过是治好了失恋并发症，却忽视了可怕的后遗症。你好像忘记了前一段感情的伤痛，该干吗干吗，依然和朋友谈笑风生，学习、工作也不耽误，偶尔在月光清冷的晚上想起一些模糊的情景，却从不会让自己长久地陷在悲观情绪里，你好像完全好了。

但是，你不想爱了。

经历过一次甚至数次的热恋、失恋，人对爱情会有比较透彻的理解，不论是对恋爱的好还是失恋的疼，都会有比较深刻的体会。他们在感情上越来越理智，一旦发现危险信号，就本能地做出回应。他们也不觉得这有什么大不了的。人生苦短，乐趣却多，姑娘们还是貌美如花，男人们依旧如饥似渴，只要肯花心思，很容易就会遇上一见倾心的人，哪有什么错过，没了这一个，还有下一个。他们不会在一棵树上吊死，也不会让自己再次陷入难堪，看似成熟洒脱，实则总在小心翼翼地避开那些自己踩过的雷区。

归根到底，我们需要重视的是如何面对爱情中的痛苦。我不说享受痛苦，因为享受痛苦是违背人类本性的反自然行为，谁能学会快乐地吃屎呢？我也不说享受快乐，享受快乐哪里需要别人教，生来就会嘛！

直面痛苦才是我们需要修炼的，也是治愈失恋后遗症的不二法门。

因为所学专业的关系，我对佛经有一些了解，但我并不提倡大家失恋后都跑去看佛经。譬如有些人看到“由爱故生忧，由爱故生怖，若离于爱者，无忧亦无怖”顿觉恍然大悟，而金庸在《飞狐外传》中多引用了一句：“一切恩爱会，无常难得久。生世多畏惧，命危于晨露。由爱故生忧，由爱故生怖，若离于爱者，无忧亦无怖。”颠覆了诸多痴男怨女对这句话原本的理解。一来佛经是比较系统的论述，断章取义并不会让你真正领悟佛家的道理；二来感情本身就是没有道理可讲的东西，道理乍听醍醐灌顶，第二天醒来痛苦依旧。

更重要的是，佛家解痛苦解得太好了，痛苦是人生的本质，痛苦的来源并不是一切苦痛，而是你对人生本质的看不透。然而，在尝遍痛苦之前就把痛苦消解了，我觉得这不是一个合适的做法。

与其如此，还不如看言情小说呢。选择一些相对深刻的言情小说，比如金庸的《飞狐外传》《白马啸西风》（谁说它们不是言情小说？不服来辩）、李碧华的《青蛇》《胭脂扣》、亦舒的《圆舞》、张小娴的《面包树上的女人》等。电影也可以，但电影的想象空间不如文字大。跟着故事体会一段感情的缘起缘消，看别人笑，看别人哭，慢慢就明白了原来每个人都一样啊，一样傻过痴过爱过恨过，情网恢恢，疏而不漏，这才是最大的慰藉。

“我弟弟是不是一个好情人？”

“怎样才算是好情人？”

“会令女人伤心的，便是好情人。”

张小娴代表作《面包树上的女人》里的经典片段，通过男主人公的姐姐和女主人公之间的对话，提出了一个很有意思的命题。有的时候，好男人和好情人不是两个可以兼容的名词。如果你的情人从不曾令你伤心，那他确实算不上一个合格的情人。当然，这事也因人而异。有些人信奉平淡是真，不喜欢大起大落，那就老老实实挑个危险系数不高的人走稳妥的道路，然后冷眼旁观别人要死要活，这也是一件很酷的事。只是千万不要自相矛盾，既希望安稳妥当，又觉得生活不够精彩，毕竟，精彩的背后一定是等量的痛苦。

从人生体验来说，一路顺遂的感情并不能称作“好”的感情。很多人羡慕初恋终老的感情，我也羡慕，但没有与初恋终老未尝不是一件好事。一段“好”的感情应当拓宽你的情绪感知范围，让你对生活更加敏感，更加多情。从这个方面来说，痛苦既是恋爱不可避免的副作用，也是你不曾发现的人生。

我常常觉得，快乐总是相似的，不过是程度不同，痛苦却各有各的妙处。失恋的痛苦是最值得品尝的味道之一，考试不及格心里会硌硬，喜欢的球队被淘汰会很难过，亲人去世则被笼罩在不可摆脱的悲伤之中……如果人生只剩下相似的快乐，确实会很不精彩。

知乎上每天都在产生情感问题，大部分问题都关于痛苦。求而不得的痛苦、失之东隅的痛苦、得非所爱的痛苦，形形色色的痛苦交织成一幅令我无限感慨的图景。我们为什么如此恐惧痛苦呢？当痛苦来临时，只想着摆脱它。我们甚至贪婪地希望把恋爱中的快乐留下来，把痛苦全部剔除掉。甜的苦瓜也许会因为基因技术的发展而诞生，没有痛苦的爱情却是永远不可能出现的。

如果你想要极致的快乐，就得接受极端的痛苦。但这话说来如此苍白，我们只能自己经历，谁也陪不了谁，我甚至无法告诉你怎么去接受这种痛苦。在失恋这件事上，每个人都是孤胆英雄，单枪匹马杀出重围，然后做一个自己的选择——还要不要继续战斗？

从此解甲归田，做一个过来人，看着年轻人壮志酬筹，踏上新的战场，“醉卧沙场君莫笑，古来征战几人回”，这是一种选择；鸣金休整，重新披挂上阵，“黄沙百战穿金甲，不破楼兰终不还”，马革裹尸，这也是一种选择。

只是所有选择都必须是自己做出的，你清楚地明白做出所有选择的意义和代价，这样的选择不会有后遗症。患失恋后遗症的是懦弱的失败者，用一种看似光明的理由骗过别人，却骗不过自己，想爱却不敢爱。有些事是无法避免的，比如你爱上了下一个人，却带着上一个人的痕迹，这不叫后遗症，这叫习惯。

失恋不过如此。如果世界上的每一段感情都是两人彼此相爱，那我们哪里有这么多故事听呢？

你爱他，他爱她，这才是常态。你爱他，他也爱你，这叫变态。习惯常态，珍惜变态。

大龄单身女青年白蛇告诉你的

When I met you

众所周知，白蛇在遇到许仙之前已经一千三百多岁了，她绝对是史上年龄最大的单身女青年。都说大龄单身女青年是优秀的象征，你年龄越大、单身越久，你就越优秀，而你越是优秀，对凡夫俗子自然就越看不上眼，也就越难脱单。

那这位大龄单身女青年们的“祖师爷”是如何走出恋爱困境的呢?

君看白蛇何许蛇也?那简直是又美又妖又会卖萌又能撒娇，善解人意还帮着男人赚钱养家，床上功夫了得，床下贤良淑德。

最重要的是，用白蛇的话说：“任何男人跟我斗智，末了一定输，因为我比他们老一千岁，根本不是对手。”

一千三百多年，足够她把男人的劣根性看得透彻。

所以当白蛇思春的时候，青蛇不能理解了，像白蛇这样的女人，要男人有什么用呢？她对白蛇说：“你记得吗，你说中国最优秀的才子都在唐朝，但他们全都死去，太迟了。到你想要一个男人时，男人明显地退步了。”

青蛇觉得奇怪啊，现在都找不到什么好男人，白蛇怎么突然就想谈恋爱了？

白蛇是这么回答她的：“我并不打算要一个优秀的才干呀。你看，这些自诩为人中之龙的动物，总是同行相轻，恃才傲物，且也不懂得珍惜女人的感情，轻易地就以‘潇洒’作为包装，变心负情。我不要这些。”

她要的是什么？

“我只要一个平凡的男人。”

我见过很多这样的姑娘，长相、身材都过得去——其实二十几岁的姑娘，哪个是不美的呢？有教养、有素养，温柔体贴，会照顾人，身边亦不乏追求者，但就是单着。单身就单身吧，还老念叨自己又矮又丑又黑又胖，觉得自己这里不好、那里不好，没有人欣赏。感慨一阵之后就开始发表“女性主义”宣言：一个人多好啊，潇洒自在，想去哪儿去哪儿。男人有什么用？这都什么年代了，女人又不是非得嫁人……

说实在的，我单身的时候也常这样，再随手转发一下《一个人久了会上瘾》之类的热门博文，把那些“心怀不轨”的人都吓跑了。

说白了，不过是简单的六个字：高不成，低不就。

姑奶奶我是“211”毕业的，你总得是从“985”混出来的吧；我去老美留过学，你总得去大英帝国取过经吧；姑娘我辛辛苦苦长过了一米六，你总得长个一米七八吧；我在国企跷着兰花指坐办公室，你总得进世界100强翘着二郎腿指挥个几号人吧；我英语说得贼溜，你最好会点法语、俄语、西班牙语吧；我有一套南四环的房子，你得坐拥一个西三环的院子吧；我月薪四位数，你总得开七位数的车来接我吧；我平常爱耍耍文艺，你总得会吟几首诗吧；我家里养只猫，你还不得养只老虎啊……

在李碧华写的故事里：

白蛇空窗了一千三百多年，遇到了许仙，主动出击，抱得美男归。

新婚燕尔，夫妻恩爱。

好景不长，许仙勾搭上了小姨子青蛇，在两人之间摇摆。

白蛇把一切看在眼里，为了维护婚姻而隐忍不发，甚至没有在许仙面前表现出半点不满。

白蛇告诉青蛇自己怀有身孕，跟她摊牌，求青蛇成全她的孩子和婚姻。

青蛇退出，许仙还是不懂得珍惜，为顾全性命而将白蛇的消息出卖给法海。

青蛇心疼白蛇，杀了许仙，白蛇生下孩子。

最后，白蛇守着青蛇编的故事回忆了永生永世。

这是一个悲伤的故事，我原本不想将结局复述出来。

但是，这是常态。

女孩子常常会听到这样的劝诫：不要在故事的开头就去勾勒结局。可是女人哪，爱上一个人，总会贪心地奢求一辈子，因为人只有一辈子啊。如果有下辈子，还是愿意跟那个人在一起吧。或者连爱都没有，只想找一个能相伴终老的男人，那后顾之忧就更多了，孩子、房子、车子、老人、医疗、工作、家务，这些艰难的副本摆放在人生Online[1] 面前，找一个契合的队友是如此千山万水路迢迢。

1 此处指 Online Game，网络游戏。

在这世界上，能自由自在地享受恋爱的女人和男人都太少了。身为普通人，哪个不是奔着可以预见的未来去恋爱的呢?

一个女人，懂得为自己打算，并不能算作错误。可是，对于想要寻找爱情的朋友，我想与你分享的是，就算你优秀如白蛇，就算你能调整好心态，就算你勇敢执着无怨无悔，依然可能无法得到你想要的结局。

现实就是这样。

既然结局如白蛇者都不可掌握，平凡如你我就更别想了。

翻翻时尚杂志，看看美容圣经，补补化妆知识，把衣柜里土得掉渣的衣服都捐了、丢了吧，趁着专柜打折挑几件符合自身气质、看上去高档的衣服，忍痛花点小钱找个高级造型师给自己换个发型，读几本文笔优美、思想深刻的小书，发几条清新文艺的状态，恋爱就会在转角出现了。

然后怎么办?

等你受过一次伤，再受一次伤，又受一次伤……你就会觉得这也没什么大不了。

重要的是在每一次的受伤中学习，慢慢地心态就放松了，这个时候也许你会发现自己能够享受恋爱了。如果这样都学不会享受恋爱，那就早日找个老实的男人嫁了，经营一段平凡的生活，也许这才是归宿。

为什么很多优秀的姑娘拒绝恋爱？不是找不到对象，更不是没有人追，而是为恋爱附加了太多条件，想要从恋爱中得到的东西太多，这样的恋爱自然沉重，而自身又没有优秀到足以承担这份沉重——毕竟真正的女神无论怎么挑剔，总会有一批人赤胆忠心、天涯相随。

那些天天宣称自己渴望爱情、要求不高却一直因为单身发牢骚的妹子，真比不上一条蛇。

如果你要的只是一个平凡的男人、一段温馨的恋情，那有什么难的呢？

虽然我丑，
但是我们谁也不嫌弃谁

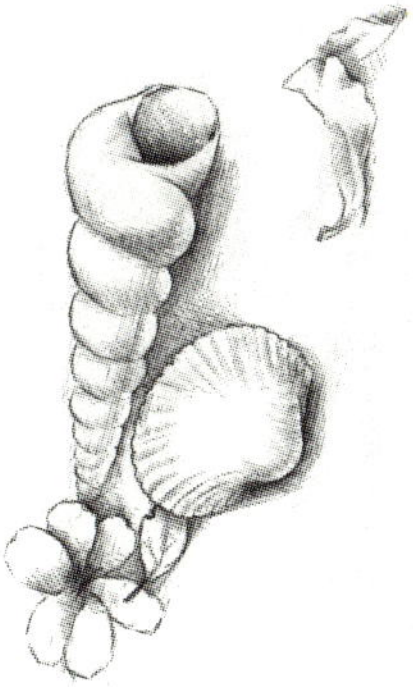

When I met you

刘君来找我咨询感情困惑的时候，我其实挺诧异的。他名校毕业，性格磊落，风趣幽默，偶尔毒舌，进了人不如狗的金融圈，和女友之间的互动却是朋友圈秀恩爱的典范，简直羡煞一群单身狗。常年坚持艾特女友，甜言蜜语不断，大有弱水三千只取一瓢饮，今生今世非你不可的态势。他竟然委屈地抱怨，因为他和一个女性朋友在 facebook 上聊了几句，惹得女友生气，已经三天不理他了。

我听他提起过女友，时而温柔，时而俏皮，与他三观相合、志趣相投，无条件支持他的决定，包容并理解他的行为。同一频道的交流，分分钟都妙不可言。

其实我挺理解他的女友的。他曾经从她那里得到甜蜜和自由，他们规划未来，讨论孩子的名字，商量如果结婚要去谁家过年，他们可以交流在专业上的心得，可以一起吐槽朋友圈里的自拍，甚至他和别的女生单独出去玩只需要打个招呼就可以拿到通行证。那是因为在最初的时候，她放低了自己的底线去迁就他，但是在一起久了，期待值难免要回调，他的行为却没有给她足够的安全感。我了解我这位朋友，他简直是一个大写的直男，圈子里女生的数量更是远远超出了一个正常的女朋友能容忍的限度。但他终归是一个有勇气自省的人，他说："我开始自我怀疑，和她在一起之前，我一直觉得自己是个不错的男生，会哄人、会疼人，有原则、有底线，为什么我现在觉得自己那么差劲？"

我想，他的女朋友一定也在纠结，为什么她之前可以容忍他和别的女生出去玩，理解他和粉丝互动，跟他一起看朋友圈里的自拍，现在却老是吃无名飞醋，觉得他哪一处都做得不够如意而处处挑剔？

为什么恋爱之后才发现自己其实并不是一个很好的人？

因为爱情如战场，生死攸关。

所以才会有挣扎。在爱情的战场上，即使是最不设防的人，也会下意识地守护自己的领地，怕别人不爱自己，怕自己太爱别人，怕爱得不到回应，怕付出得不到回报，怕送出的一颗心被弃如敝屣，怕辛苦维系的感情付诸东流。

西方有句谚语：All is fair in love and war。对它的理解有很多，有一种翻译是这样的：情场如战场，不择手段方可取胜。

从一段近乎荒谬的感情中醒过来的时候，我以为最难跨越的坎儿是我无法相信爱情真的可以从生到死，从当初的浓烈到后来的荒芜竟然是同样两个人的相处。长久的痛定思痛之后，我才不得不承认，最难堪的一面其实是，在这段感情里，我照见了内心中最不想被自己发现的一面。

在爱情开始之前，每一个聪明人都觉得自己可以妥善安置自己内心疯狂杂乱的欲望。我以为我可以不在乎他的过去，我天真地想，爱一个人就应该爱他的全部，爱他的脆弱，爱他的逃避，爱那些在有月亮的夜晚让他落泪的音乐、电影和小说，也爱那些分别的夏日让他难过不舍的女孩子，爱他所有的过去，我来不及参与的过去，因为它们以不同的方式柔软甚至重塑过他的内心，从而使他成为现在我喜欢的样子。

直到后来，我才发现我根本做不到。我讨厌那个他一聊起高中时和他一起逃课去喝酒就笑得暧昧的女生，也讨厌偶尔在他的微博里点赞的前女友，但是我压在心底，从未提起。我觉得不该是这样子的呀，我怎么可以嫉妒呢？

我还以为我能够分清感情的边界，在两个人的世界里，做一个独立的人。可是今晚他为什么不和我说晚安，昨天他明明在家为什么不愿意出来见我，上周和他一起去新餐厅吃饭的人到底是谁，那个微博里常常和他互动的女人又是谁？——真可怕，这样的自己真可怕。

其实在我压抑着这些疑问和困惑的时候，我就知道我们迟早是要分开的。因为我舍不得破坏掉他心里那个完美的自己，因为我不确定他能不能接受一个不好的我。

连我自己都差点被自己骗过去，我以为我可以很成熟、很大度、很善良、很自在地经营感情，甚至在一开始做得很好，但其实不是的，原来我同样是一个幼稚的、张扬的、散漫的、依赖别人的人，我甚至渴望他能够接受这样的我。

一方面我无理取闹，另一方面我又耽于自省。

知乎上有一道很热的题，大意是如果你是异性，会想要嫁（娶）现在的自己吗？

这对我来说简直难以想象。我才不要和一个这样差劲的人在一起，我才不想整天去猜对方为什么突然生气了，不想去分析对方复杂难解的内心戏，也不想整天被考验到底有多爱对方。

有时候，我又觉得，爱情像阳光，所以人性的阴影立竿可见。

前面那句西谚就是用来讽刺在爱情中用尽心机的人的，但这又有什么错呢？谁不曾背靠着悬崖去爱另一个人，谁不曾踏着薄冰去见另一个人，谁不曾交出自己心房大门的钥匙去欢迎另一个人呢？

可是一个人，到底要经历几段感情，才敢直面卑鄙的自己，才有勇气跟自己和解，才愿意承认：不是你不好，也不是我不好，而是我们都不好才让我们在一起。

我依然是一个自私、轻浮、愚蠢、贪婪的家伙，可是我愿意用生命中最美好的部分去爱你。如果你看到我露出丑陋的一面，就大胆摘下自己的面具，告诉我："你看，我们谁也不嫌弃谁。"

爱情里是否有
真正的道理可言？

When I met you

表姐结婚了，我们都松了一口气。

表姐自幼被我舅妈送到少年宫学钢琴、舞蹈和美术，后来去市里最好的小学当了音乐老师，工作清闲，时常在朋友圈里晒和闺密团的下午茶，工作之余还组了舞蹈队和瑜伽班去各地演出。再挑剔的人也不得不承认她是个好姑娘，五官清秀，身姿窈窕。这样的姑娘，怎么会等到三十三岁才结婚呢？

当然不是没有人追，我从高中到大学，至少叫过三个男人姐夫，可惜他们都没跟表姐走到婚姻这一步。

因为我表姐是九月中旬生人。（我真的不想黑处女座啊，你们听我慢慢说好吗？）

她的前前前任男朋友是个家族企业的小开，温柔体贴，每逢节日必送花，但因为常常穿皮鞋配白袜子，屡教不改，掰了。

她的前前任男朋友是个成熟稳重的公务员，仕途安顺，在市委秘书办干得风生水起，颇得上司青睐，但因为吃饭的时候总拿筷子在菜里拨来拨去，屡教不改，掰了。

她的前任男朋友是我舅妈的哥哥（也就是她舅舅，某大学教授）的得意门生，这下总该好了吧，博士毕业，斯文儒雅，也没什么不良习惯，我过年时见过一次，是个很有原则的男人，但最终出于某种我不知道的原因，还是掰了。

那时候，她已经三十二岁了。

在非一二线的小城市，三十二岁不结婚的姑娘，大概是生活最感艰辛的群体。去年十一的时候，我妈发微信跟我说："哎呀，你表姐终于订婚了，打算年底就结婚。"而当我从我妈那里听说我如今的正牌姐夫竟然是表姐所在学校的体育老师的时候，内心是崩溃的。

我弱弱地发了微信过去问："姐，你最喜欢姐夫哪一点啊？"

彼时她新婚不久，一副幸福小女人模样："他哪一点我都喜欢啊。"

她结婚那段时间我在北京办保研手续，隔着朋友圈远程参加了她的婚礼，也看到了我的表姐夫。略胖的身材，戴着黑框眼镜，站在红毯一端，从我舅舅手中接过表姐的手，热泪盈眶地说：“爸、妈，我会照顾好盈盈的。”

婚纱照跑去了东南亚拍，兼顾蜜月旅行。热热闹闹折腾完，已经是三个月之后了。

前几天，表姐发微信跟我抱怨：“哎呀，他回家的时候竟然把臭袜子丢在沙发上！”

我心里“咯噔”了一下。犹记得小时候，我去她家玩，进门换鞋子，而她弯下腰，把我的鞋子以与墙壁垂直的角度重新摆放了一次……

她又接着吐槽：“我都跟他说了一个月了，牙膏一定要从末端挤，还要倒着摆在最右边。抽烟不要在房间里抽，要去阳台上抽。洗碗的时候要放洗洁精，洗完至少再冲三次。湿衣服不能直接放到洗衣筐里。卷筒卫生纸要顺着手的方向放。洗脸的时候不要把水弄得到处都是。最可怕的是，你知道吗，你姐夫周六周日竟然能睡到下午一点！周日晚上想拉他出去看个电影，他竟然宁愿在家打游戏。晚上十一点之后还老想着吃夜宵，那不得四十岁没到就有啤酒肚了？”

哦，我一定要告诉你们，以上所有的话都是在一条微信语音里说完的。听完这段语音，我想我知道她和前任姐夫分开的原因了。

我一直在想，她如此在意这些细节，真的是因为她是九月中旬出生的吗？

其实她只是想通过这些，迫使对方证明对她的爱。她潜意识里大概是这样想的：你说你爱我，那你为什么还要把袜子丢在沙发上？

乍看之下，这简直是个莫名其妙的逻辑，但如果换成“你说你爱我，那你为什么不愿意给我买十万块钱的钻戒呢”是不是就略微能理解了？

相比之下，或许前一种还更可爱些，毕竟钻戒是可触摸的实物，而把袜子丢在沙发上却是组成我们的生活的细节之一——你说你爱我，那你为什么不能为我做一些小小的改变？

我说：“你不是说……他哪一点你都喜欢吗？”

表姐很困惑，她始终认为，这些不过是很小的事情啊，男人执行起来有那么难吗？更何况这些改变是为了让生活更美好啊！

而我姐夫可能永远无法理解，为什么她要在这些细节上穷追不舍。

说到底，是每个人内心蠢蠢欲动的安全感在作祟。我们渴望对方永远和我们在一起——这也是大多数人恋爱和结婚的原因和结果。以臣服交换爱情原本是再自然不过的事，毕竟我们都曾经是小孩子，存活全靠着爱的反复无常而定。

像表姐小的时候，被送去少年宫学那么多东西，我想她未必喜欢，但我舅妈在意，她就很努力地学，很辛苦地练习，去各地演出，以此换来我舅妈在亲戚面前笑得合不拢嘴。

我们这一代人，大多独生，父母把期望一股脑地加在我们肩上，所以我们在童年的时候就接受了这一套亲密关系的逻辑：如果你爱我，你就会做我想要的或我需要的或我要求的，让我知道你在意我，让我有安全感，那么我才会用爱来回报你。

所以等到我们恋爱的时候，常常会有这样的想法：如果你爱我，你就会把你的袜子放在洗衣篮里；如果你爱我，你就不会和我吵；如果你爱我，你怎么会做不到这些……

这些扎根在生活里的细节，成为我们讨价还价的最好阵地。因为我们内心是如此惧怕对方的反抗——反抗的最高形式是出轨，所以在它到来之前，我们要不断地通过试探来确认对方对自己的臣服状态。爱情在我们的生活里如此名正言顺，爱的训导在我们的本性里如此根深蒂固，以至于任何妥协看起来都很合理。

“如果你做不到，就是不爱我。”不要说婚姻了，婚姻毕竟是稳定的两性关系，还有契约和法律来保障。自由恋爱的时候，谁不曾产生过这个滑稽又严肃的念头呢？

我知道爱上一个人是对自己特别残酷的事，那意味着你把伤害自己的权力交给了对方。所以我们会恐慌、会焦虑，我们期望改变对方，通过这些肉眼可见的细节，确认对方对自己的爱。

如果对方是个柔软性子，或许会妥协、会退步，退一步，再退一步，直到退步成另一个人的模样；如果对方是个强硬性子，或许会激烈地反抗，甚至会言之凿凿地控诉："如果你不能包容我的这些行为，又怎么能证明你爱我呢？"

看起来这好像是一道无解的题，全凭个人性格，见招拆招，或以毒攻毒，最终吵吵闹闹到戛然而止，或者缝缝补补过完一生。

当然，我们的生活没有那么片面，还有很多温情脉脉的时刻，或许足以弥补墙上的这些小漏洞，而等到我们发现漏洞大到会灌风的时候，要么已经年纪大了没有精力再重新砌墙，要么已经习惯了拥抱着相互取暖——毕竟因为一面漏风的墙而去换一个房子，成本也过于高了。

就像表姐在微信上抱怨完这些琐碎的小事，我假模假样地安慰了几句之后，心里还担心她会不会跟姐夫吵架，但她第二天就发了朋友圈："今天老公下厨做饭，可以懒懒地睡一觉啦。"配图是一桌的菜和甜蜜自拍。

这是不是生活的结局呢，我也不知道。或许你已经拥有自己的墙，或许你还在寻觅自己的墙。我希望这篇文章可以让大家检视自己的内心，不要用细节苛求完美，不要用强迫证明忠诚，不要用试探维护爱情。

他在你身边，就是爱的证明。

致那位打算请女神吃饭而准备吃一个月泡面的男同学

When I met you

你好，听说你喜欢上了学院里一个特别漂亮的女同学，想请她吃顿晚饭。朝阳区地段最好的餐厅，晚上七八点，高高的楼上，望出去是华灯初上万家灯火。你想，她一定会很开心。但是你一个月的生活费只有一千块钱，吃完这顿饭，你接下来的时间就得天天吃泡面。

我不反对你。年轻的时候，这是很美好的事。

五岁那年，为了买弹珠，我悄悄地把大人们随手搁在桌子上的一分、两分和五分的硬币收集起来，藏在外公从来不穿的雨鞋里。雨鞋就搁在阁楼的楼梯转角处，面上全是灰尘，大人经过阁楼的时候几乎不会留意到它，我自认为此处绝顶安全，得意扬扬地精打细算：一包弹珠一块钱，攒上一个月就可以买一包弹珠了。

结果那年江南的梅雨季来得格外早，有一天，外公来幼儿园接我的时候竟然穿着那双雨鞋。我胆战心惊，外公笑着说："奇了怪了，不知道哪只猫咪把家里的零钱都藏到我的鞋子里了。"我卒。

九岁那年，放学后总馋着想吃炸鸡柳。妈妈再三警告不准吃垃圾食品，然而某一次和好友偷买炸鸡柳被她发现，她索性收缴了我本来就不多的零食基金，于是我每天只能领着三块钱的交通补贴，望鸡柳兴叹。早上妈妈送我上学，晚上我便拦一辆黄包车回家，黄包车的车费就是三块钱。其实坐黄包车已经是一件奢侈的事，那时候小城里出租车的起步价不过五块钱，坐公交车是一块五毛钱，但是若要乘坐能到家的公交车，出了学校后我就得走上两千米。

为了能天天吃上炸鸡柳，我放弃了黄包车，开始坐公交车回家，省下的一块五毛钱刚好能买一袋。每天放了学，我先到校门口的油炸食品店买一袋炸鸡柳，然后走去公交车站，一路上边走边吃，心满意足。

十四岁那年，我的零花钱涨到了每天十五元，早饭和零食之间的比例得自己调配，偶尔弹尽粮绝也能向爸妈申请一下人道主义援助。妈妈总抱怨爸爸不够浪漫，不肯送她花，我便决定在情人节的时候给她一个惊喜。除去早饭——大多是馒头和豆浆，我每天勉强能省下十块钱，代价就是中午的休息时间，我再也不能和同学去小店买薯片、酸奶和果冻了。情人节的时候，我攥着两百块钱，买了一束巨丑无比的染色版“蓝色妖姬”回家，看到妈妈闪着泪光的眼，我又感受到了当年偷偷省钱买炸鸡柳的快乐。

第二个月她过生日，我又悄悄买了一个难吃无比的鲜奶蛋糕。老板听说我是给妈妈买的，给我打了八折。那个蛋糕远远没有我过生日时她给我买的抹茶慕斯蛋糕好吃，但是她说，那是她这辈子吃过的最好吃的蛋糕。

二十一岁，我的笔记本电脑寿命将尽，风扇已经修过一次，除灰也无法再令它回到当年的英勇。于是我请教朋友，对比硬件软件，最终敲定了一台适合我的学习和工作的超极本，比刚上大学时家里给我买的那台还略贵一些。但是我不再需要开口问家里要钱了，也不需要每天从生活费里抠购置超级本的基金，因为我上个月走运，一部短篇小说被收录进一本小说集，千字千元，拿到的税后稿费恰好够买这台超极本，或许还能加一个机械键盘。

你看我如今娓娓道来，孩提时代对所爱之物心心念念，拙计百出也要达成所愿，亦能成为如今回忆中酸酸甜甜的一部分。但你不再是七岁、十七岁，而你的姑娘也不是弹珠和炸鸡柳，更不是你省钱吃泡面就能得到的，虽然只要你愿意，就算你卖肾给姑娘买苹果手机，旁人也无一句闲话可说，何况不过是吃一个月泡面换一次浪漫的晚餐约会。

少年，长点心好吗？留给你的时间已经不多了。

大家都在成长，这个世界没有义务留下来等某个人。你如今身在大学，不过是苦恼请不起喜欢的姑娘吃晚餐，然而须臾之间，你就得工作、自立、成家，到时候你要面对的就是需要奉养的年迈的父母、给妻子的结婚周年纪念礼物、孩子的奶粉钱、孩子的课外兴趣班、学区房……人穷极一生，也不过是为了能自己承担责任。

祝你最终找到一个既能陪你吃泡面，又能伴你吃烛光晚餐的姑娘。

致那位不知道和男友
有没有想要的未来的女同学

When I met you

你知道普鲁斯特问卷吗？据说很多杂志采访名流的时候都会用到这套问卷。每隔两年我就会拿来“采访”一下自己，写下答案，放在QQ空间的私密日志里。那是一份可以让我很好地认识自己的兴趣、职业取向、婚恋取向以及姑娘你提到的想要的未来的提纲。

普鲁斯特并不是这套问卷的发明者。他过于经典的回答使得他为这套问卷冠了名，其中有一题令我印象深刻：现实中最欣赏的女性是谁？——有天分却甘愿平凡的女人。

我们被放置在一个想要更好的未来的语境中成长。成功标签化

（财富、名声、权力、地位等）的背后不仅蕴含着长辈对小辈的爱怜、期望、鼓励、鞭策，甚至成为整个社会评判一个人是否具有价值以及有多大价值的标杆。

其实姑娘你的困惑和男友没有太大关系，你迟早是要面临这种困惑的，他只是一根导火索。

绝大部分人都毫无心理障碍地接受了这套价值体系，并且成为拥护这套体系的新的力量。前段时间，知乎上有个热议的“门当户对”的话题，下面的好多高赞回答都用了新的方式阐释这个古老的命题，什么审美品位、三观、思辨能力，不过是新瓶装旧酒，最后症结都绕回到出身和阶级上。

纵然门当户对的结合到头来分道扬镳的例子也比比皆是，但那些在一开始就看似不够匹配的结合往往更容易进入我们的视野，双方之间的摩擦和矛盾都会被无限放大，然后病因的诊断往往也会佐证这些预设判断。譬如凤凰男娶了城市女，前者从农村带来的脾气和习性与城市中产阶级价值观熏陶出的品位不一致，就是两人婚姻不幸的根源之一。影视明星嫁了豪门，就是齐大非偶，前者终归小家子气，撑不起豪门大开大合的气度。唉，早就说了要门当户对的啊。

我没说这些观点不对，相反，它们毫无疑问是正确的。

因为人哪，哪里那么容易挣脱主流价值观的枷锁，从而成长为一个可以独立思考并且有能力为自己的独立思考负责任的人呢？

我之所以说你的男友是一根导火索，是因为爱情的力量确实非常神秘而强大。强大到在一瞬间，你以为你可以为了他对抗整个世界。如果你足够理智，在一开始就会过滤掉这个和你有着明显差距的男同学，接受父母的安排，和门当户对的男孩子谈恋爱、结婚、生小孩，走进世人赞同的安全模式，但是乖乖女竟然违逆父母，和一个论家世显然配不上自己的学长恋爱，我只能把这归因于爱情的力量，那些说“姑娘你不够爱你男朋友”的人可以闭嘴了。而爱情的神秘在于你无法掌控这个力量。你看，不过寒假分离了四十多天，环境中缺失足够的氛围去催化你的激情，这个力量就又悄然隐退不知所踪了。你想了那么多，你们之间那些曾经被你忽视的不够和谐的细节都从你大脑中冒了出来，他的温柔泛滥成了蛊惑，他的自信腐化成了炫耀，你甚至会想，一开始到底是因为什么喜欢上这个家伙的呢？不要怀疑，一开始当然是满心满眼的欢喜啊，但如今为什么有这么多不如意呢？

因为一方面你觉得爱情是伟大的是正义的是值得歌颂的是可以抗拒邪恶力量的，另一方面你发现，爱情还不足以支撑这份野心，燃料不足的下场可以预见哪。

但是你从来没有想过，你追求的未来究竟是不是你想要的未来，你得到的爱情到底是不是你期望的爱情，你规划的人生还是不是自己一心追求的人生。考研、出国、衣食无忧，你使用的字眼都很宏大，也很常见。

千万不要因为他而放弃你的字眼，不然当有一天你厌倦了厨房的油烟、凌乱的客厅和格局不大的城市，你想起这段时光，会觉得自己为他牺牲太多了，而那个时候，英俊迷人的学长也变成了挺着啤酒肚的秃顶中年猥琐大叔。靠，当年追我的男生已经成为某某公司的高管，坐拥名车豪宅，当年父母安排相亲的男士已经成为国内知名教授，还上了电视，为什么我挑选的这个男人还不过是这个破地方政府的小公务员？即使你打赢了这场爱情保卫战，也可能输给人生，输给自己的不甘心。

你们当然是有未来的。他有他的未来，你有你的未来，然而，这两个未来会在多大程度上重叠或者离散，谁知道呢？

姑娘，在解开是否要和他一起走下去的疑惑之前，先问问自己想要的未来到底是什么样的啊。

当然，我也要提醒你，这个问题短期内不一定会有答案，即使有了答案，可能也会有变化。但是，如果你不好好想一想的话，这些困惑会在你人生的各个阶段以各种形式跳出来占据你混乱的大脑。

因为平凡的人太多太多，有天分而平凡的人也很多，有天分却甘愿平凡的人不多。

而且，大部分人都以为自己有天分呢。

但是，不平凡的人，太少太少了。

我是宋清如至上主义者

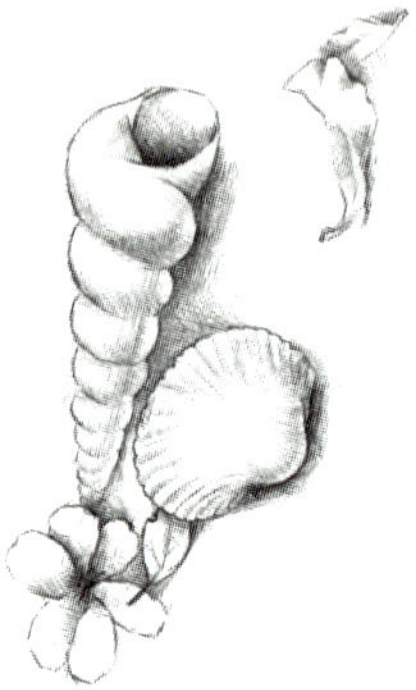

When I met you

这句话是伟大的文学家、翻译家朱生豪先生对他的妻子宋清如女士说的。

曾有一段时间，他俩的故事刷屏了整个文艺圈。朱给宋写的情书由他们的儿子编成书印刷出版，感动了一大票年轻男女。当我读到这句话的时候，突然明白我渴望的爱情是什么模样了。

之所以说被感动的是年轻男女，是因为当一个人越成熟，往往就越有原则、越坚持己见，这不是坏事，然而他们不再欣赏甚至唾弃这种献身式的爱情——也许包括曾经的他们自己，从而很难再被这种至上主义感动了。

年轻的时候，爱情高于原则并不是一件稀奇的事，甚至正是一次次爱情塑造了很多人的原则。在一开始的时候，他是你的天、你的地，你的日月星辰周转运行的吸引力，你的整个世界得以存在的自然律。

你不吃辣，却总是陪她吃水煮鱼；

你讨厌烟味，却着迷于他身上淡淡的烟草气息；

你是个社交动物，周日却陪她宅在家里逗猫；

你曾说要找个大厨男友，他却连切葱都不熟练；

以前妈妈拉你去逛街，你嫌这太不男子汉，后来却陪她逛遍了大悦城所有的鞋店；

你和前任分手不过是因为他在微信里和一个女同学多聊了几句，他数次出轨，你却仍不愿放手……

多么奇妙又多么荒唐，多么心甘情愿又多么身不由己，最后不得不承认，那个人就是你的“主义”。

我理想中的爱情，从来都是没有条件的。至上主义的爱情难以追寻的原因在于，它本质上是一种极端的信任和完全的匹配，而你完全信任对方和对方完全值得你信任都是千载难逢的事。

朱和宋的爱情确实是对这句话的注解。朱一代文豪，在宋面前却以仆自居，终生对她保持着初恋般的爱慕与难以自抑的激情。据说那本书里，他给宋取了六十二个挑战人类肉麻极限的爱称，又自封了一百一十三个令人起鸡皮疙瘩的称呼。而宋，也绝对配得上这样的爱情。她一生鼎力支持丈夫的事业。初时，她从名门小姐一代名媛变成谋职赚钱、操持家务的贤妻，后来，朱留下未竟遗作饮恨早逝，她接过重任续译莎翁作品，成全了他的梦想和他们的爱情。

其实，宋清如也是朱生豪至上主义者。

这就是最好的爱情。

每一次恋爱都会让你成为更真实的自己

When I met you

我常常在知乎上被年轻的女孩子们邀请，回答诸如“和穷男生谈过恋爱后不想再找这样的男生，算是物质拜金吗”之类的问题。

而这种类型的问题下面，讨伐有之，辩护有之。你知道的，但凡涉及“拜金”这种敏感的字眼，往往会引起很大争议。

其实姑娘们没必要在这些问题上纠结。恋爱，让我们过渡为一个真正的社会人。这个过渡千姿百态，但目的只有一个，达成我们与社会的良性相容。大部分人会通过恋爱达到这个状态，少部分人失败了，或者说，反目的也是目的达成的一种形态。

拜金是一个无用的标签，无论承认与否，它远远没有你通过这段恋爱明确了自己的金钱观来得重要。这个社会可以容纳很多金钱观，有些人对待金钱的态度比较潇洒，赚多少用多少，房子买不起就租嘛，公交地铁方便的话，不买车也行；有些人对待金钱的态度比较积极，他们觉得有品质的生活必须靠金钱保障，房子少于一百平方米住着就是不舒服，一年必须出去旅游两次，存款少了个零，安全感就开始动摇；也有些人对待金钱的态度比较保守，从不下馆子吃饭，一盘西红柿炒蛋的成本不到三块钱，怎么可以卖三十块呢；还有些人认为，婚姻最好是一种合理的利益交换，双方在经济条件相当的前提下，共同承担生活的成本和将来需要面临的风险……这些金钱观都可以与社会良性相容，并无不妥当之处。

可是，我们还需要爱，这是人内心很难消除的渴求。如果没有这种渴求，三千烦恼丝也会少很多吧。

什么是爱呢？我们怎么才能分辨出爱呢？我们得到的这样那样的感情，究竟能不能称为爱呢？爱情与金钱是相悖的吗？如果一个人很有钱，我嫁给他，是不是就说明我更爱他的钱，而不是他本人呢？如果一个人很好看，我娶了她，是不是就说明我更爱她的脸，而不是她本人呢？如果一个人很穷很丑，我和他结婚，是不是就能说明我很爱他呢？

你会发现，这些问题，都是莫名其妙的。

问那个问题的姑娘来自中产阶级家庭，上大学之后交往的第一个男朋友是来自农村的凤凰男，两人相恋两年，最终因为消费等生活中的分歧分手。她说，第一个寒假，临别之前他深情地说要每天给她打电话，姑娘觉得假期五十多天，每天都打，这话说得有点大，不过还是应景地说“好”，心里有些感动。结果那个男孩子只给她打了三次电话，他的解释是话费太高，负担太重，但是姑娘从来没有考虑过这个问题，这就导致了他们第一次闹分手。之后还发生过很多次类似的事件，最后的导火索是他送给她的第一份礼物，他说花了一百九十九元的耳环被她发现是花三十九元从淘宝上买的。

她决定，以后找男朋友一定要找家世相当的男孩子。

其实，遇到一个人并非偶然。你所处的环境会帮你筛选出你该遇到的人。地球上七十亿人口，我国十四亿，在校大学生约两千四百万，主要分布在一二线城市，如果你所在的城市不是北、上、广、深，那有机会结识的同龄男性，大概不会超过一万。

更重要的是，一个年轻人，但凡上了一所不错的大学，有一点改变生活的决心，智商、情商在平均水平以上，在当前的社会环境下，完全可以通过正当手段，过上不错的生活。这个过程或许需要五到十年，也许很多人像那位姑娘的前男友一样，不可避免地带着从前生活的影子，而这影子与其潜意识里想要达到的生活状态是不相容的。他们的恋爱让那个姑娘意识到不应该和经济条件比自己差的男生谈恋爱，打破了她对爱情的美好幻想，这段恋爱一定也在潜移默化中改变了那个男孩很多。如果他不傻，他总该明白为什么会失去她。

那么，失去喜欢的人，就是恋爱这门课最高昂的学费。

这是非常个人化的课程设计。有些人大概还是认为钱和爱情、婚姻没有那么大的关系，但有些人就觉得，老人家说得真对啊，要门当户对，我以后还是找个跟自己差不多的人吧，相亲也并不是一件难以接受的事。

某次酒局，一位朋友说："我要赚很多很多的钱，这样我才可以说，我嫁给那个人，是因为爱情。"我觉得她说得有道理，但又问道："欲壑难填，即使是有钱人，谁会介意找个更有钱的呢？"另一位朋友说："唉，说到底还是玩法不同，普通玩家普通玩法，高级玩家高级定制。"

每一次恋爱都会让你成为更真实的自己。

女孩子恋爱前必须看的十部小说

When I met you

言情小说和偶像剧塑造了一个个五彩斑斓的恋爱世界，这些世界中的一切都加了一道玫瑰色的滤镜。

动辄跨国飞来飞去会议谈判连轴转的总裁天天在身边陪你玩“猜猜我在想什么”的小游戏，生气了还能霸气地送上妹子们最渴望的强吻；成绩亮眼家世傲人倾倒万千学妹的学长不仅是学生会一把手，还能轻轻松松玩转篮球台球钢琴吉他，对你的学业和生活关怀备至；举止优雅成熟内敛事业有成的单身大叔在见到你之后彻底沦陷，过去的风流是没有遇到对的人，他深沉守护默默付出，却不要求你给予任何回报。

男主角的唯一使命就是带女主角经历一段动人心魄的爱情旅程，里面或许有恶毒的女配、难缠的婆婆、走马观花的前任，这就更把男主角衬托成披荆斩棘的骑士，一路斩妖除魔，只为牵起女主角的手。其间会交替出现爱琴海的落日、城堡外的许愿池、普罗旺斯的薰衣草田以及从北京上海到纽约伦敦的夜色如虹。男主角一等最少七年，女主角总在华丽变身，两人永远死心塌地，非君不嫁，非卿不娶……一旦回到现实，这样的梦就容易被打碎。

童话般的爱情也许存在，但大部分人是遇不到的，也许相比于虚假的温暖，我们更需要现实的冰冷。所以我为大家推荐十部小说，它们都是以女性视角讲述的故事，以女性独有的敏感笔触还原了复杂的感情，其中有刻骨铭心的暗恋，也有要死要活的初恋；有年龄悬殊的老少恋，也有青梅竹马的青涩恋；有物是人非的残局，也有花好月圆的剪影……十个故事，映射的是无数段人生，也许里面还有你的影子。

《面包树上的女人》

情感女王张小娴的成名作。善于填词喜欢装酷总爱戴鸭舌帽的男主人公不仅让女主人公爱恨交加，也一次次成功地挑起读者的情绪。虽然是初恋的故事，但这部小说展现得更多的是情路的曲折。一个是爱得再深也极少妥协的闷骚男，一个是很有原则却一次次为对方的柔情缴械的固执女，男人在爱情上往往懦弱不坚定，女人却傻傻地倔强地投入，为什么被爱上的总是坏男人？

《金锁记》

张爱玲早期惊艳之作。“张爱玲这本书在空前深刻的程度上表现了现代社会两性心理的基本意蕴。她在她创作的年代并无任何前卫的思想，却令人震惊地揭开了两性世界温情脉脉的面纱。主人公曾被作者称为她小说世界中唯一的‘英雄’，她拥有‘一个疯子的审慎和机智’，为了报复曾经伤害过她的社会，她用最为病态的方式，‘她那平扁而尖利的喉咙四面割着人像剃刀片’，随心所欲地施展着淫威。”[1]

相比于更为人熟知的《倾城之恋》，《金锁记》带有更鲜明的张氏印记。将自由作为献祭，将情欲作为符咒，其实这种疯狂、变态、神经质并不仅仅是作者的夸张，也是潜藏在每个人心中无法摆脱的执念。爱情，到底以何种面目出现？

1　引文出自《中国现代文学史》。

《圆舞》

亦舒最经典的老少恋之作。虽然是孤傲女与富家男，但师太偏偏能把这样玛丽苏的人物设定写得深刻入骨。这是一段关于守候的故事，似乎是男主陪伴着女主长大。“记住，真正有气质的淑女，从不炫耀她所拥有的一切，她不告诉人她读过什么书，去过什么地方，有多少件衣裳，买过什么珠宝，因为她没有自卑感。”他慢慢地把她雕琢成他喜欢的样子，却又似乎是女主等待着男主回头。“它叫圆舞，无论转到哪一方，只要跳下去，你终归会遇见我。”这样长、这样累的恋爱故事，听说很多人读了无数次。

纠结他们为什么没有在一起自然是没有必要的。谁能说他们不够相爱呢？谁又能说只要相爱就可以在一起呢？

《青蛇》

堪称情爱博物馆。李碧华的文字自然艳丽凄迷，有时候甚至会遮盖文字背后纵横交错的触目惊心。小青、法海、白蛇、许仙，仅仅用了四个人物，就展现了情爱世界里最复杂的六种形式，你能明白多少，就能读出多少。

你读出多少，便证明你懂得了多少。

《荆棘鸟》

所有的选择都在这里。因为牵扯到了宗教，又存在年龄和身份的差距，难免透露出一点禁欲的色彩，但是还原到底，也不过是一个可怜见的男人和一个不后悔的女人之间的故事。梅吉问母亲："我们到底是从什么时候走错了的呢？"菲答道："一生下来。"

波伏瓦曾写过："我渴望能见你一面，但请你记得，我不会开口要求见你。这不是因为骄傲，你知道我在你面前毫无骄傲可言，而是因为，唯有你也想见我的时候，我们见面才有意义。"尊严之于爱情，有一种荒谬的美感。

《面纱》

人性白皮书。毛姆总有剖开一切的力量，虽然是男性作家，但我认为他完美地展现了一个女人的心理成长历程。"我对你根本没抱幻想。我知道你愚蠢、轻佻、头脑空虚，然而我爱你。我知道你的企图、你的理想，你势利、庸俗，然而我爱你。我知道你是个二流货色，然而我爱你。为了欣赏你所热衷的那些玩意我竭尽全力，为了向你展示我并非不是无知、庸俗、闲言碎语、愚蠢至极，我煞费苦心。”

你看，爱情就是这么神奇的东西。女主爱上肤浅的男人，男主爱上肤浅的女主，纵然到了最后，她已经学会欣赏他的深刻内涵，也仍然无法爱上他，带着遗腹子和老父亲远走他乡。作者写的是一个女人如何从所谓的爱情中走出来，慢慢揭开人生华丽的面纱，看尽苍凉，接近真相，寻求解脱和安宁的故事。最后的一切都和爱情没关系。

《安娜·卡列尼娜》

爱情的窥视镜。读到托尔斯泰对女性心理的把握，起初源于《战争与和平》，最终拜倒于《安娜·卡列尼娜》。在某个年代，爱情大概是属于少数人的，比如衣食无忧、无所事事的贵妇人。追求爱情的漂亮女人大概是世界上最危险的一种生物。一边是危险而又迷人的情人，一边是宽容而深情的丈夫，当沉浸在情节中时，你就无法站在道德制高点去批判她的选择。或许每个人都曾经陶醉在自己对爱情的追求里，只是大部分人没有机会做出与安娜一样的选择。

人们总以为幸福在于满足自己的欲望，可欲望是永远无法满足的。爱情的结束，正是起于欲望的开始。

《一封陌生女人的来信》

生命无法承受之重。再也没有一部小说能把暗恋写得这样绝望和浓烈，这种感情只有女性才会有。同样是对感情的压抑，《少年维特之烦恼》中的少年总是间歇性地爆发出强烈的感情，这部小说却自始至终是一个女人的独白。

然而这种密度极高的情绪抒发并没有给读者带来疏离感，因为对于爱而不得这种感觉，每个人都在五十步笑百步。

《飘》

作者一生只写了这一本书。这部小说太出名了，却依然要放在推荐里，因为我敢打赌，认真看完它的人并不多。里面出现的所有男性角色都可以在生活中对号入座。年轻的时候众星捧月，但你最好选择一个人陪伴你度过余生，或者孤独终老。有的时候，没有选择也是一种选择。

我们不吝于对爱着自己的人展现残酷的一面，或许是心里有所依仗，或许是为了试探对方的底线。少女永远抬着骄傲的下巴，即使爱着她的那个男人最终选择离开她。然而，不是所有人都能像她一路骄傲，总有一天，你要妥协。

《简·爱》

把这部小说作为压轴，是因为它是现实世界里能发生的最接近童话的故事。罗切斯特先生和简的五十万字的恋爱故事和圆满而俗套的美好结局——有封建婚姻，有老少配，有易容术，有圣约翰式的追求……我们还能奢望从一部作品中得到什么呢？

保留对爱情的最后一丝信仰，没准儿奇迹会在你身上发生呢？

尾语：

爱情是最难做到不落俗套的事，前人掉进去的坑，后人依旧会踩空。你说，那我们为什么还要读这些曲折的故事呢？因为当你读过这些故事，你知道前面的路坑坑洼洼，但还是愿意踏上去，当你掉下去的时候，心里反而很踏实——哎呀，这里果然有个坑。

谁都无法未卜先知，经验也无法面面俱到。希望你们在书写自己的故事时，能够落笔无悔。

你离开之后，我把自己活成了你的样子

When I met you

听说文艺青年失恋叫丧偶，那么对方留下的东西大概叫遗产。

刚分开那段时间，他或许没有意识到他给我留下了多少遗产：

他买的一条厚重的运动裤，我从不送洗衣房，即使在冬天，也坚持用手洗；

他送的一块自己做的手工皂，我把留有他笔迹的包装纸小心翼翼地撕下来，装在透明塑料袋里，藏进柜子；

他带我去过的地方，我都再去了一次，点一样的菜，喝一样的酒，怀念一个再也不会出现在对面的人；

他推荐的书，我都找出来一字不落地看完；他推荐的电影，陪

伴我度过了无数个被想念撕咬心口却无处宣泄的夜晚；

我的邮箱草稿箱里存了无数封想发出却没有发出的信，怕自己会忍不住，终于狠了狠心全部删除；

看到适合他的东西总是忍不住买下，想象他用着它们的模样、他穿着它们的模样，储物柜里滞留了一批也许永远不会出发的旅客；

偶尔会胆战心惊地看他的微博，怕看到他和别的姑娘调情，怕看到他突然关注婚纱摄影、蜜月旅行，又觉得如果真的看到也挺好的。

过了很久，终于从痛苦中走出，我总是在想，恋爱留给我们的最大遗产是什么？

有一天我看世界杯，碰到他喜欢的球队就会格外关注；

有一天我突然冒出一句话，出了口才意识到这是他的口头禅；

有一天我去餐厅点了个菜，上菜后才想起其实爱吃这个菜的不是自己；

有一天我试了一条新裙子，在镜前打了个转却不知道到底要给谁看；

有一天我独自旅行，却不愿意承认那是他曾经去过的地方……

原来，一场恋爱留给人的，是那些像水流过黄土塑造地形一样的，对方留在我们身上的痕迹。

如果对方不曾在我心中留下痕迹，那么外物也不会让我的内心波澜起伏；如果我使劲抹也抹不去他留下的痕迹，那么我又何必自欺欺人地丢掉与他有关的东西。也许那些痕迹会慢慢淡去，也许它们终有一天会被另几道痕迹掩盖，也许无意中按压到它们还是会感到一阵阵痛，生活还是会继续。

一生之中，相逢的人、遇见的事都会为我们留下痕迹，只不过有时候必须承认，爱情留下的痕迹最深。

你问我最近过得好不好，我总是说好，如果不能继续爱你，那么到了最后，至少不应该打扰你。我用尽全部的勇气，也不够再说一次爱你了。

我终于明白，最重要的遗产，是爱过之后，一个人就变成了另一个人。

怦然心动

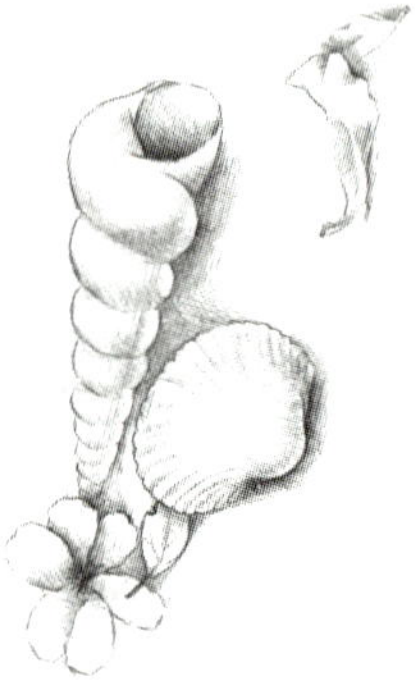

When I met you

喜欢上一个人之后再去寻找喜欢上他的原因，颇有一种缘木求鱼的意味。

绞尽脑汁地回想自然也能得到很多答案，比如他很好看啦，他穿在身上的衬衫总是很妥帖啦，他去餐厅吃饭会温柔地跟服务员道谢啦，连续六天在七点零八分的时候在十一楼楼梯口遇到他啦，发现你们俩都喜欢某个导演的某部冷门电影啦，你讲冷笑话只有他会捧场大笑啦……这些足以构成“你为什么喜欢他啊”的合格回答。

但是你心里知道，不是的，不仅仅是这些。不然为什么偏偏是他，而不是另一个人呢？

那天我和朋友坐在靠窗的位置叙旧扯淡，盘子里的甜品被戳得稀巴烂，喝苹果汁的吸管被拨来拨去，果汁就溅到了自己身上。拿餐巾纸擦过之后，仍然有淡淡的痕迹，心里升起一股烦躁，抬头，恰巧看到他进门。其实高度近视的我根本看不清他的脸，但光影之间，只觉得他把牛仔裤和衬衫穿得很好看，好像是我二十多年来见过的把牛仔裤和衬衫穿得最好看的男孩子。心里“哐当”一声，琢磨着该扬多少度的嘴角，去他落座的桌子前问他要个号码。

约出来吃饭，他依旧穿着牛仔裤和衬衫。他话很少，为了打破僵局，或者也是为了掩饰紧张，我不停地说话，从蓬巴杜夫人站在路易十五打猎必经的阳台上时穿的是粉红色还是淡蓝色的裙子，到索拉卡、豹女、宝石、风女、琴女[1]哪个奶妈的奶量更大，让自己的聒噪营造一种热闹的假相。平常胆子大得要命，此刻却不敢看他的眼睛，只好将视线下移，盯着他的领口，意外地发现他的衬衫熨烫得处处妥帖，袖口挽起，看起来整齐又随性，领口被洗得微微有些褪色。想到他把洗衣粉撒进脸盆，浸泡、搓洗、拧干、晾晒、折叠，觉得口干舌燥，心里“哐当”一声，差点脱口而出：“以后我帮你洗衣服好不好呀？”

1　索拉卡、豹女、宝石、风女、琴女皆是 3D 网络游戏《英雄联盟》中的角色。

吃完饭心里一阵懊恼，觉得自己的发挥好失败。话是不是太多了？口红是不是都被吃完了？擤鼻涕的时候会不会很难看？吃鸡翅怎么能用手呢……我一边反省一边垂头丧气地跟在他身后往外走。服务员帮我们推开门，是一个可爱的年轻女孩子，穿着餐厅的围裙制服。他接过那扇会弹回的门，我侧身而出，回头看他，他轻轻关上门，对她微微一笑，说了声“谢谢”，女孩子羞涩地低下头。心里“哐当”一声，擦身而过的时候好像闻到他身上洗衣粉的味道了呢。

学校的电梯总是满满当当，为了赶上老师点名和食堂的饭点，同学们都在用生命乘电梯。周一我去得迟了，看到电梯口长长的队伍，便走去侧门，认命地爬楼梯。五楼还能遇到熙熙攘攘的人，到七楼就只剩零零散散的几个人，越往上爬，同行的人越少，过了十楼就几乎没人了，没想到在十一楼还能看到“同道中人”。他戴着耳机，单肩背着书包，走得不快，我超过他，两人目光交会。第二天、第三天、第四天、第五天……周六的时候忍不住想，今天该不会碰到他了吧。抬头看到渐渐变得熟悉的背影，心里“哐当”一声，这次他没戴耳机呢。

去他家玩，他扒拉出一大筐光碟，哗啦啦地倒出来。我突然有一种回到童年的感觉，索性坐到地板上，一张张挑起来，看封面，看海报，看剧情简介。我一张张地举起碟片问他，他一边开电视开

CD 机开音响，一边转过头耐心回答。“这张你看过吗？”“嗯。”“这张你也看过吗？”“嗯。”“这些你都看过啦？”“嗯。”“哇，这张你竟然也买了欸！”他蹲下来，凑到我身边：“想再看一次吗？”我一直无法适应旁人突然的接触，但他故意靠得很近，说得很轻，手臂贴着我，我慌忙将碟片递给他，心里“哐当”一响。

“哐当”呀，就是胸腔里桶被打翻，里面的水止不住地流淌开去。但是心呢，好像又被填满了。

重重的声音，直冲向耳膜。

每“哐当”一下，我就知道，完了，覆水难收。

所以，如果别人问你：“你为什么喜欢他啊？”你轻轻地说：“就是‘哐当’一声响呀。”那人大概没听清，又问一遍：“什么？”你就笑笑，不用再回答了。“哐当”一声，听过的人都秒懂呢。

如果他问你：“你为什么喜欢我啊？”你只需歪歪头，看着他，笑一笑，不说话。

心里“哐当”一下，他也就明白了。

去受伤吧，像没爱过一样

When I met you

小雅失恋的时候，全学院的人都知道了。向来拿一等奖学金的她破天荒没去上课，连从不点名的某老师都问起这位总是坐在第一排的女同学：“她生病了吗？”

如果失恋也是病，她简直是病入膏肓，药石无灵。小雅的室友们排了表，轮番听她念叨恋爱中甜蜜温馨的细节，即使这些细节在小雅恋爱的时候都已经听过一遍了。我一怒之下屏蔽了她的朋友圈。“既然一切已成定局，我就好好往下走”“到现在才发现，自己是那么脆弱的一个人”“能不能不坚强”“缘起缘灭，缘聚缘散”“人生如戏，我所能做的就是让自己变得坚忍”……你没看错，以上这些都是她在同一天发的。经过楼梯的时候，能听到她在打电话，有时候声嘶力竭，有时候无语凝噎。班级聚会时从来只是矜持地喝橙汁连碳酸饮料都嫌弃的她，连着灌了两杯啤酒，最后醉倒在饭桌上。

我应该批判她一番吗？我也委实觉得小雅太没出息了，不过我很羡慕她。

有一个女孩，她失恋的时候，是静悄悄的。她照常去上课，坐在中间的位置，老师唾沫横飞地讲着奥卡姆剃刀原理，她在底下想“失恋是不是就跟奥卡姆剃刀一样呢”；她泡在图书馆里，从大块头的学术专著到以前没来得及看的世界名著，都一一看了个遍；她有了很多时间去写文章，提前两个月把所有课程的期末论文写完了，随手写的一些稿子发在知乎上，竟然得到了很多网友的响应；晚上睡不着，她就翻着 App 背单词，一夜一夜地，竟然从四级背到了 GRE，偶尔眼泪流下来，她想真好，可以缓解眼睛疲劳呢；她把当年学了一段时间就丢下的吉他重新捡起来，报了一个班，每天上完课就去学吉他，剪掉指甲的光秃秃的手指没过多久就生出了厚厚的茧；她请朋友吃饭，因为发现自己前段时间竟然将她们忽视了，和姐妹淘一起去看电影，看喜剧，看动漫，笑成一朵花。

于是，当她平心静气地宣布分手的时候，周围的人都很诧异，为什么她可以如此淡定？她自己都没想到，她竟然可以这么淡定。

可是，当她回过头去看那段岁月时，心里总隐隐觉得惆怅。

她其实很想打电话过去问他：“你为什么不爱我了？”

她其实很想扑到闺密怀里，哭成一条狗：“他为什么不爱我了？”

她其实很想什么都不做，只去思考一个问题：为什么有些人说不爱就不爱了？

她很想破口大骂，那个时候的她明明像一只竖起毛快要炸裂的猫，别人一不小心踩到她的尾巴，她就能跳起来狠狠抓别人两爪子，可她只是笑笑，一声不响地走开。

她很想逃离这座城市，把所有的课都翘了，去那个他们曾经说要携手同游最后不了了之的地方看一看，告诉自己，有些事情不是非得两个人做，一个人做也可以。

然而，她什么都没做。她安安静静地把恋失完了。

失恋甚至成了第一生产力。她来不及伤感，把零零碎碎的过往写成故事，发到网上，获得了很多的赞和感谢，得到了很多人的关注和喜欢；她来不及掉眼泪，去听各种各样的讲座，写下密密麻麻的笔记，把每一篇论文都写到两万字；她来不及宣泄情绪，去找各种各样的兼职，支付宝里的数字不断变大，她去挑选化妆品，买一套又一套新衣服。

你一定会说，这是多么成功的失恋啊。可是，如今的她觉得，错过那段潦倒的时光是莫大的遗憾。因为，那个成熟理智的你总有一天会醒来，而那个为爱疯狂的你是活不了多久的。

可是我直接扼杀了后一个她。失恋是兵临城下的困局，可是对于每一个有勇气走进爱里的人来说，赢了光荣，输了也光荣。不是非得逼自己坚强得像一篇励志鸡汤文，不如想哭就哭，想闹就闹，抓着最好的朋友一遍遍地回忆恋爱细节也好，矫情地逃课去旅行，把每一条两人走过的路再走一遍也罢。

年轻的时光就该拿来放肆地失恋。一言不合就大拍桌子，一恋爱就想要天长地久，一失恋就要死要活，这才是青春。

在二十岁的时候，全情投入飞蛾扑火蹈死不顾地爱一个人，然后狠狠受伤，把一切温情深情多情的面纱都揭下来，未尝不是幸运。因为年轻的时候自愈能力强，受再深的伤都可以白骨生肉，起死回生。而这样浓烈的感情，这样轰轰烈烈的失去，都是人生中最宝贵的情感体验。

那一年我听到奶茶在歌里唱“总要为想爱的人不想活，才跟该爱的人生活”，深以为然。

只有这样，当下一段感情来临的时候，你才能再次勇敢地受伤，就像没爱过一样。

就是在这样一个又一个无法避免的伤疤里，我们慢慢长大，成长不是变得世故冰冷，而是变得宽容通达，接受不完美的自己，接受不完美的人生。

When I met you

你的婆娑，我的般若

Chapter 3

大美女是如何炼成的？

所有的女人都希望变成美女，所有的美女都想晋升为大美女。

虽然美女与大美女之间并无分明的界线，然而泛滥于网上的美妆、形体、服饰搭配课程可以打造出美女，却变不出大美女，盖因大美女都吸取天地精华而生，但是天地精华统共就那么一点，哪能均分到每个美女头上？

你看秦淮河畔青楼三千，家家都有头牌，头牌莫不是美女，同样是琴棋书画得教着，绫罗珠玉得养着，到头来风流艳史能用秦淮河冠上名的也不过八人。你若非说那是因为秦淮八艳长得比其他人都美，我是不同意的。各花入各眼，人们的审美充满了主观上的随机性，并无绝对的标准。柳如是、顾横波、马湘兰、陈圆圆、寇白门、卞玉京、李香君、董小宛能在风月场中艳压群芳，定有其过人之处，但这过人之处绝非妆容能修。

很多人认为生活中的大美女不及舞台及屏幕上的多。其实，大美女本身是和生活无关的，古人说，美人如花隔云端嘛。明星大多只有出现在布满灯光的舞台、杂志封面、电视屏幕上时才有美感，你想象一下范爷在厕所便秘、圆圆在片场憋尿，美感大抵也消失了。你一定没见过那些印象中的大美女刚睡醒的样子、挖鼻屎的样子，虽然我相信即便是如上举动，她们做出来仍然比常人更美，但我也相信，大美的来源绝不是眼屎、鼻屎，而是她们自身的蕴藏。

拥有怎样的蕴藏才能被称为大美女呢？

一般说来，底子不差，略施粉黛，稍加搭配，总能轻易被称上几声美女，半是嘉许，半是客套，转身就再难想起。而真正的美女，众人在背后提起都会有一种默契：

“你还记得高中时四班的那个人吗？”

“谁啊？”

“就是特别漂亮那个！”

“哦哦哦，她啊！”

从头到尾，她连名字都不用出现，谈话的每一个人的脑海中就会自动浮现出一幅幅图景：运动会开幕式上她举牌子，前面走完方阵、后面暂时还不用走方阵的男生都跑到主席台前围观；元旦晚会上她主持节目，学校贴吧直播动态，一颦一笑一夜之间楼就被顶到了888层；有段时间学校严打外卖，凡是抓到订外卖的都通报批评，她去拿外卖被教导主任撞见却不过被教育了一句“外卖不健康啊，还是去食堂吃好”（配上教导主任笑眯眯的脸）；坊间传闻，她的手机号和QQ号被炒到了三位数……

我和她一直是不错的朋友，也保持着联系，后来她去了国内Top10的大学，再后来我常常在校花帖子里看到她。

大美女一定是公认的，但是美得惊天动地的毕竟是少数，大部分美女还是得慢慢修炼才能占得一个“大”字，修炼内容包括但不限于以下几点：

※ 技艺

这技艺若非营生，而是生活点缀，戴在美人身上，总添些璀璨。

技艺，要么高超，要么取巧，前者难，后者易。我记得上中学那会儿，熟悉的姑娘里就有十来位钢琴（业余）十级，还有七八个学小提琴，五六个学吉他，两三个学古筝，学琵琶、二胡、笛子、扬琴、箫、单簧管之类的也不难找到。弹奏乐器，不管东方的、西方的，现代的、古典的，早已习以为常，算不得多稀奇的技艺了。唱歌、画画、跳舞之类的，放在女孩子身上也不过尔尔。

若想从常见技艺中脱颖而出，需下大功夫，不妨选择一些简单易学又不常见的，比如调酒、魔术、咖啡拉花、糕点制作等。另外，反差美也是极好的，比如滑板、篮球、台球、LOL[1]……

不要轻易展示，炫耀也未免流于庸俗。亦舒那段话虽然老套，但也有道理：真正有气质的淑女，从不炫耀她所拥有的一切，她不告诉人她读过什么书，去过什么地方，有多少件衣服，买过什么珠宝，因为她没有自卑感。

最好是夜明珠，没有灯光的时候在黑暗里亮起，这样才夺人眼球。

※ 谈吐

谈吐主要分为两部分，一是声线，二是内容。

1　即 3D 网络游戏《英雄联盟》。

前者无须赘述，看一遍《窈窕淑女》(*My Fair Lady*)就知道了。

虽然我一直觉得在乎口音是一件很扯淡的事，说到底不过是迎合社会的主流审美。李泽厚在《美的历程》里把美定义为“客观性和社会性的统一”，如果说五官和身材还属于客观性的范畴，可以用数字比如黄金比例来量化的话，那么口音就是以社会性为主的审美点了。

我们往往认为带有口音的普通话是非常土的，这对于一些口音重灾区的女孩子就是一个不小的挑战。在家乡的时候，大家都带着口音，一旦离开本地，口音就会凸显出来。有时候认识一个美女，不说话看着赏心悦目，一说话立马就幻灭了。

当然，大家都知道，出于经济、文化方面的原因，港台腔可以被温柔地原谅，甚至加诸光环。

后者就只能靠多年修为了。某次实习，因工作需要接触过国内几个三线明星，之前在屏幕上看还觉得挺美的，一出口那个幼稚劲儿直接把我雷蒙了。别说修辞文雅了，连基本逻辑都理不顺，最可怕的是经纪人还是个杀马特造型的白发魔女，不过是和我头次见面，就一口一个“亲爱的”，叫得我起鸡皮疙瘩。我交代完注意事项就逃之夭夭，不想多看她一眼。

也不是不能讲粗话糙话，要看环境语境：朋友间的局来个黄段子显得平易近人，上台发言就得出口成章彰显大家气质，与陌生人交往时语词的应用须恰到好处。短时间内提升文辞太难，修养礼貌还是可以装模作样做到的。

小窍门：放低音量，放缓速度，配合手势，眼睛看着对方，最重要的是，少说多笑。

※ 脾性气质

风风火火的急美人虽然也有美感，但浓烈张扬的美具有侵略性，而侵略性多少令人不适，毕竟中国式审美多讲究含蓄温柔。

脾性的背后是气质。怎样的气质就生出怎样的脾性，怎样的脾性就显出怎样的气质。

其实说美人也好，说女神也罢，都比不得另一个词——尤物。

古人云：“夫有尤物，足以移人。”尤物是什么呢？

李渔的回答是最妙的：

世人不知，以为美色。乌知颜色虽美，是一物也，乌足移人？加之以态，则物而尤矣。如云美色即是尤物，即可移人，则今时绢做之美女，画上之娇娥，其颜色较之生人，岂止十倍，何以不见移人，而使之害相思成郁病耶？是知“媚态”二字，必不可少。

媚态之在人身，犹火之有焰，灯之有光，珠贝金银之有宝色，是无形之物，非有形之物也。惟其是物而非物，无形似有形，是以名为“尤物”。

他甚至认为，气质可以颠覆容貌：

女子一有媚态，三四分姿色，便可抵过六七分。试以六七分姿色而无媚态之妇人，与三四分姿色而有媚态之妇人同立一处，则人止爱三四分而不爱六七分，是态度之于颜色，犹不止一倍当两倍也。试以二三分姿色而无媚态之妇人，与全无姿色而止有媚态之妇人同立一处，或与人各交数言，则人止为媚态所惑，而不为美色所惑，是态度之于颜色，犹不止于以少敌多，且能以无而敌有也。

今之女子，每有状貌姿容一无可取，而能令人思之不倦，甚至舍命相从者，皆“态”之一字之为祟也。是知选貌选姿，总不如选态一着之为要。态自天生，非可强造。强造之态，不能饰美，止能愈增其陋。

日常生活中总能看到这样的情形：一些女人相貌平平却能令异性舍生忘死，苦苦追求。李渔认为这些人就是在“态”上足具天赋——他认为是天赋，我却认为是可以修炼的。

纵然修炼不成千娇百媚、风情万种，起码也能修炼得落落大方、顾盼生姿。

内功心法就是多看书，非指书的本数，而是书的类型，大名著要啃，小黄书也要看嘛，诗词歌赋都涉猎几本，风流习气沾上一些，媚态自然就出来了。

至于外功，塑形健身，如今遍地都是此般法门。内外兼修才是正道。

※ 爱情

自古英雄配美人。既然活在别人的传说里，若没有一段缠绵悱恻的爱情，怎么配称大美人？

吴三桂用半壁江山捧起了陈圆圆，河东君遇上文坛领袖钱牧斋，林徽因前有徐志摩旧情难忘，后有金岳霖深情相待……虽然说美人身边若没有才子、英雄也还是美人，但两相辉映光彩更甚。

更重要的是，爱情能激活一个女人的灵魂。在遇到真正相爱的人之前，女人的灵魂是沉睡的。你看到的举手投足散发着两性魅力的女子，哪一个不曾经历悱恻缠绵的感情呢？

其实我想说的是，做一个美人是很累的，做一个大美人就更累了，与其活在别人的传说里，不如活在所爱之人的目光里。

他目光所及之处，只有你是女人，其他人，都叫异性。

这时候再争什么美不美的，还有什么意思呢？

大学生该不该做五十元一天的兼职？

知乎上曾经有个问题讨论得非常激烈：大学生应不应该去做五十元一天的兼职？

有些人说不值，大学生应该追求更有意义的工作，有些人则吐槽前者"何不食肉糜"，毕竟大学生的家庭条件参差不齐，不是每个人都足够幸运，衣食无忧，可以仅凭兴趣和所谓的意义生活。

兼职在大学里是一件非常常见的事。我大学所在的班里有一位女同学，大一就开始打工，发过传单，后来在学校旁边的餐厅做服务生，辗转去过肯德基、麦当劳打工，现稳定在必胜客，一小时拿十三块钱。我问她："你一个月能挣多少？"她说："两千多吧。"

我计算了一下时间，沉默了。

这位姑娘极其自强，家里给的生活费不多，申请助学金之余，她开始自己挣钱，女孩子难免有些心头好需要满足。三年下来，大家都能看到她的改变，衣服越来越多，搭配从起初的惨不忍睹到渐渐有了自己的风格；越来越敢在公开场合发言，目光炯炯，声音洪亮。而她所付出的代价是每个月至少一百五十个工时。但她得到的，不仅仅是工资。

而我中学时的一个好友，大一的时候看中了学校里一个支持本校学生创业的项目，学校出租校园里的店面给学生自主经营。租金不便宜，需要竞标，起码得十万，还要另交押金和手续费，而所需费用里，还有最重要的商品成本，这些足以令大多数人望而却步。他拉了几个朋友，找家里借了钱，盘下店面，进货、宣传，据说生意红红火火，非常好。

我问他是从什么时候开始回本的，他说开店一年后。

“然后呢？”我接着问，“一个月进账多少？”他笑了笑：“吃喝不愁，玩乐尚可，嫖赌稍欠。”

大家都处于或曾经处于这个年纪，一定能明白那种迫不及待地想要依靠自己的力量在世间行走的心情。然而，你以为自己成年了，当面对这个世界的时候你才发现，自己还是一个正在学习走路的婴孩。有些人有双亲扶着，学得更快，走得更远；有些人却只能靠自己一点点爬一遍遍摔一次次尝试，最后才勉强走出几步。

无论哪种情况，我对每一份独立行走的渴望都保持着敬意，因为还有很多人一辈子都没学会独立行走。

独立意识的觉醒与艰难现实之间的矛盾，大概会成为年轻时最宝贵的经历吧？

每个人都只能接受自己的出发位置，然后在此基础上展开自己的人生。有些人从发传单起步，有些人从做服务生起步，有些人从盘商店起步，有些人从本金一百万起步；有些人轻轻松松就能出国上名校，有些人却连上雅思、托福的学费都得硬着头皮凑。每个人都有自己发展的局限，只有极少数人能打破天花板，但所有人都不得不承认，这就是命啊。

然而，起点有高低并不意味着努力就得分多寡。令人心酸的其实是在很多情况下，起点更高的人反而更努力，他们更明白努力的价值，更明白该通过怎样的方式去努力。令人嫉恨的是，他们的努力更有效率。

或许在有些人眼中，做五十元一天的发传单的工作简直是浪费时间，但如果你不曾身陷同样的境地，你就不会明白，即使是这样一份工作，对于某些人来说，也已经是拼尽全力了。

高中毕业那会儿，作为看多了美剧的中二少女，我觉得成年当独立，便放弃了消遣，决定试着去赚大一的学费。我通过朋友介绍找了份工作，没那么高大上，也不至于“辱没文化人的身份”——我妈的玩笑话，给当地某老板的女儿当私人家教。待遇挺好，老板腾了市中心一间宽敞明亮的办公室做教室，包中饭，下课了司机或者老板娘会开车送我回家。小姑娘预备上高一，欢畅活泼，面对我的时候倒很乖巧，有时叫老师，有时叫姐姐。我教她古文和英语，应她父亲的要求，又训练她演讲和写作文。主雇尽欢，小姑娘觉得受益匪浅，家长对上课效果很满意，想给我加薪，被我拒绝了。一个月的时间，按照原来说的，恰好拿到了大学第一年的学费。

这是一份很有尊严的工作。对于一个刚刚高中毕业就想尝试走出人生第一步的学生来说，这是一件太幸运的事。在达成目标的基础上，我第一次意识到，应该尽可能地用自己最大的价值去工作。

只不过，谁不渴望这样的兼职呢？学以致用、薪酬优渥、地点体面，得到雇主的尊重，更重要的是，心里明确地知道这份工作对于自己的意义。如果一开始无法顺利找到这样的工作，如果前面几点因条件限制暂时无法达到，那么请千万不要放弃最后一点。

大一学生选择去发五十元一天的传单，原因一定多种多样，有缺钱想赚生活费的，有想锻炼脸皮厚度的，也有纯粹想体验生活的，这些都无可厚非，唯独有一种情况例外，那就是你心里觉得自己并不应该去发传单，却因为各种烂借口放任自己继续做不愿意做的事。

最可怕的是，它容易令人感到没有尊严。去年秋冬之际，朋友的公司想找一批人发传单，我刚好有空，就屁颠屁颠地拉着一帮室友和同学去赚外快了。一天四个小时，给一百二十元钱，就在离学校最近的街上，朋友买奶茶、请吃饭、说好话，算得上发传单的工作里的高配了。但发传单实在太煎熬，一边要提防巡警，和他们打游击战，一边要面临无数的拒绝。很多人一看到发传单的便远远避开，即使是我这样厚脸皮的人也觉得尴尬无比，还得硬撑着表现得毫不在意，保持礼貌，力图把传单发到别人手上，即使对方出于好奇或者同情接过传单，转身便扔到垃圾桶里。北京的深秋，风像刀一样刮在脸上，我提着装传单的袋子站在街头，找不到意义。

是的，这是最可怕的，我不觉得发这种传单有任何意义。朋友的公司几乎已经垄断附近区域的相关生意，目标客户群又实在狭窄，在大街上发传单无疑是一种浪费。到后来我都不好意思把传单发给别人，因为心里知道，我在做一件没什么用的事。

所谓的没有尊严，是明明知道自己在做毫无意义的事，却依然强行对其附加意义。

而这意义是否存在，只有自己知道，旁人无从评断。

不用管别人，但别骗自己。

我们拥有那么多，为什么还是不快乐？

When I met you

我很早就发现，年轻人痛苦并不是因为得不到快乐，而是因为他们追求的是极乐。

很多人家境殷实，衣食无忧，前途光明，却总是抱怨平淡的生活让人没有激情——这种“激情”就是极乐的一种。

中学时有一帮朋友，家庭条件都很好，长得人模狗样的，每天逃学打球唱歌赌钱抽烟酗酒，泡着学校里顶漂亮的几个姑娘，偶尔因为混乱不清的关系打上一场群架，过几天又勾肩搭背称兄道弟，堪称青春小说的经典素材。我站在墙角看着他们，觉得他们的生活实在精彩。

但是他们呢，还是嫌生活太无聊。于是请了个老江湖，在其指导之下，竟然拼拼凑凑组了个乐队，号称要去追求音乐梦想。有几次他们盛情邀请我去看他们排练，我当时以为这些家伙不过是玩票，估计连和弦都背不全，毕竟你不能指望连最简单的作业都懒得写的人能在另一件事上刻苦。去了之后我才发现自己错了，他们左手上的茧厚得令我吃惊，从来没完整地上过晚自习的他们竟然真的能在琴房里待整整一个下午。

后来，他们认认真真闹腾了两年，全校三千多人参加的元旦晚会上，他们的演出还作为压轴节目，迷倒了不少小学妹。

毕业之后，大家各奔东西。春节回家，他们这群败家二代的聚会场所从当年学校边上的小 K 歌房转移到了本市最豪华的夜总会。我挺想见见他们，看看大家最近的改变，结果每个人都在跟我抱怨生活的苦闷。

年轻本就足够美好，更何况他们投胎顺利，家里富足，父母对他们的管教又不严。不过才上大学，房子就有了好几套，车也有了好几辆。看他们的朋友圈，身边的姑娘一个比一个正。他们好像也不用上课，天南海北地玩。这样的人向我抱怨生活苦闷，何其令人气恼。

难道他们的生活还不够让人快乐吗？不缺钱，也不缺时间，尚不需要承担家庭责任，也没有沉重的事业压力，但是他们仍然认为自己不快乐，虽然他们继续泡吧，不停地追求姑娘，甚至尝试吸大麻，去刺激自己的快乐阈值，企图保持极乐状态。

追求极乐自然是徒劳的，它是快乐的最大值，不过是一个转瞬即逝的点，怎么可能保持呢？但那感觉太美好，尝试过就忘不了。

热恋是极乐，有些人试图通过不断地更换伴侣来保持热恋状态；事业达到巅峰那一刻也是极乐，有些人通过不断挑战事业的高峰来保持成就感带来的极乐；极限运动也能带来极乐，突破身体极限的感觉会让人上瘾……到了最后，很多获得世俗意义上的成功的人都信佛去了，因为佛家惯于提倡削减人的欲望，极乐之心淡去，就像拨云散雾，快乐就更容易显现出来。

李渔说他写《肉蒲团》是为了说禅，不管你信不信，反正我是信的。里面的主人公未央生是天下第一才子，还娶到了出身名门的漂亮老婆。如果他追求的是快乐，那他就应该满足了，但他追求的是极乐。他并不满足于一个漂亮老婆，还想尝遍天下美人；他并不满足于天下第一才子的名声，还想出将入相，坐拥权势。于是，他做手术增大阳具，偷遍美妇；卖命给宁王，只求一晌贪欢。名声、权力、财富还有世间美色，他一一得到，直到去勾栏寻最新的名妓，却惊恐地发现那位名妓是因己之故流落风尘的妻子。未央生痛苦不堪，愧疚自省，而后了悟因果，色空两忘，出家了。

后来香港将这部小说翻拍成了电影，取了个名字叫《肉蒲团之极乐宝鉴》，主题曲叫《极乐》，大概就是想表达这个主题吧。

媒体总是喜欢报道富豪的生活，大肆渲染他们的奢华无度，比如占了一座山、拥有大型电影院和小型人工瀑布的别墅，足够开豪车展的车库，把前任女友集合起来可以走一场红地毯的情史，飞来飞去全球度假像漫步在自家后院一般的悠闲生活……而我们这些旁观的平凡人也总是在想：他们该多快乐啊！如果我们能够拥有他们拥有的一切，那即便是在梦里，嘴角也是上扬的吧？

后来某气功大师被扒皮，牵扯到大量名人。一个常人都能轻易识破的骗局，这些名人竟深陷其中。很多人都觉得这些名人好笨哪。其实当然不是名人笨啦，只是他们站的位置太高，对物质带来的快乐庶几麻木，这些人终究觉得自己不够快乐。他们自己都觉得奇怪：我们拥有那么多东西，为什么还是不快乐呢？

于是，他们想要通过外物的力量去追求更高层次的快乐，甚至保持更高层次的快乐，而宗教甚至一些更为神秘的不可知的东西就成了他们可以借助的力量。我们也常常听到，很有名的某某信佛了，被某“得道高僧”、某“仁波切”骗了很多钱。

当一个人的心灵有缺口的时候，他的眼睛就很难保持清明，任何欺骗都来自骗子对你欲望的察知，而任何醒悟都来自人对自己欲望的觉知。

近年来，很多名人投身公益。有些人认为他们是在作秀，想趁机增加曝光率。我倒觉得或许是那些人更容易发现，当拥有的东西超出一定范围，所得就很难再为自己增加快乐了。

有一次看新闻，我看到在福布斯榜单上排到个位数的一位俄罗斯石油大亨驾驶直升机在阿尔卑斯山坠亡，留下巨额遗产，心里很是不解。如果我是他，拥有如此多的财富，一定不会去做这些威胁生命安全的事。

直到听到朋友们抱怨自己不快乐，我又想起这条新闻，心里猜测这位俄罗斯石油大亨大概也不快乐，只有驾驶自己的飞机翱翔在苍茫天空，离世界如此遥远，与死亡如此接近，他才觉得自己是存在的，是快乐的。如果他还活着，那么再过几年，是不是就连飞翔也无法刺激他了？

所以，向外追求生活激情，不仅可行性低，还非常危险，因为外物靠不住。诸行无常，缘起缘灭，极乐终有尽时。

唯有可能把握的就是自己。你去做公益，奉献自己；你去读书思考，充实自己；你去关心家人朋友，付出自己。这些事情是我们能主动去做的，也有助于我们从内心确定自己的位置。当你发现自己的价值不需要靠别人赋予、靠外物附加，开始享受当下，世界变得开阔，你却不再迷路了。

比愧疚更重要的，是弥补

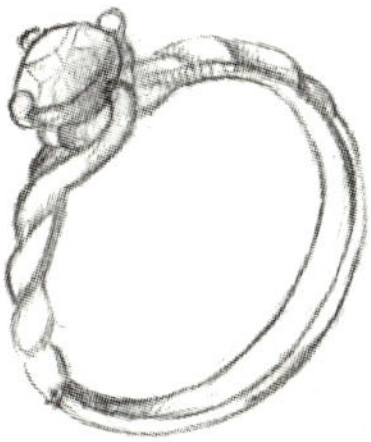

有位朋友每每讲起三年前他在外地负责一个重要项目而错过了见父亲最后一面就泪流满面，觉得自己不孝至极，枉为人子。

我说："现在让你重新选择，你会怎么做呢？"

他说："当然是放弃那个项目，赶回去见父亲最后一面。"

我又问："那你现在多久回家见你母亲一次呢？"

他想了一下，不好意思地回答："也就过年和节假日回家几趟。"

我就直截了当地说了："不好意思，我真的觉得你这样很虚伪。"

我并不是说他三年来的耿耿于怀是故作姿态，错过见至亲之人最后一面，任谁都不会轻易原谅自己，但是与其屡屡愧疚于故去的父亲，还不如将精力用于陪伴在世的母亲。

我们总是听到这样的故事，故事里的所有人都不是坏人，却总是在自责，长久地陷在悔恨的情绪中不能自拔。

另一个朋友因为长时间的寂寞而接受了一个自己并不喜欢的姑娘的感情。那个姑娘对他很好，旁人看了都眼红。她会给他打理衣橱，给他买自己都舍不得穿的牌子的衣服；她会在他加班的时候给他送一杯热热的星巴克咖啡，然后一个人坐在楼下等他；朋友聚会的时候，她安静地坐在他身边看着他；他喝酒的时候，她心疼地皱眉，他喝醉了就扶他回家……可是，我的朋友发现，他还是无法爱上她。

他纠结万分，最后提了分手。姑娘泪如雨下，问自己哪里做得不好。他硬着心肠，头也不回地走了。

他问我："十四，你觉得我是不是一个渣男？"

我点点头："是，但你也是一个好人。生命中很多事情，做到有愧无悔就够了吧。"

有愧是良心，而无悔是责任。

良心是对别人。犯错让人痛苦往往是因为对他人造成了伤害。愧疚其实是自私懦弱的表现，除了能让自己心里好过一点，对于被你伤害过的人，又有什么用处呢？但似乎又不能因为愧疚没有用处你就索性心安理得，一点包袱都不背。愧疚是出于良心的自罚，但切忌做仅仅流于表面的忏悔。

比愧疚更重要的，是弥补。虽然对于这一次的遗憾来说，再怎么着力弥补也无法改变既成的事实。有些代价是成长必须付出的，譬如年少轻狂，不知父母恩重，让很多东西凌驾于亲情之上，忽视了渐渐老去的父母，然而子欲养而亲不待，来不及懂事，总有几个人走得太快，最后只能在回忆里悲伤；譬如乱花迷眼，尚未明了被爱难得，随意地把别人捧上来的一颗真心扔到脑后，直到自己也被伤了心，才发现从前自作聪明的熟视无睹早就将他人的心戳得千疮百孔，连缝补都无从下手了。

就是在这样一个又一个无法避免的错误里，我们慢慢长大。成长不是变得世故冰冷，而是变得宽容通达，接受不完美的自己，接受不完美的人生。精明、狠辣、伪善从来不是成熟的代名词，成熟是能够平和地看待发生在自己身上和周围的一切。对于曾经的遗憾，不是逃避，而是直面并努力弥补；对有缺陷的社会，不是辱骂，而是包容并努力改善。勇敢地面对错误，在过去的狼狈面前也要从容优雅。

而责任是对自己。做都做了，后悔干什么呢？面对自己往往比面对别人需要更多的勇气，因为你很难骗过自己的心。所以，唯一有资格评判你的人，是你自己。

我从不曾后悔，所以很难理解放纵自己沉溺在悔恨的情绪里的行为。如果后悔有用的话，时光机早就造出来了。后悔就是这样一种病毒，你一不小心被它寄生，它就会慢慢占据你的全部情绪。

我最喜欢的红学家周汝昌先生在他九十四岁那年最后一次接受央视采访，当被记者问到“老先生一生有过什么后悔的事吗”时，他那双看了九十四年的红尘、能够洞悉世间一切的眼睛发出光芒，他说：“没有，我还年轻，什么事都谈不上后悔，这两个字太沉重了。只是有些小遗憾，希望能尽力弥补。”

我们都还年轻。

两性关系里，你最看重什么？

When I met you

前几天有朋友邀请我回答一个问题：两性关系里，身为女人的你最看重什么?

那时候我正开着游戏，和一个许久不见的老友聊天。你知道的，在虚拟世界里，总是能遇见各种奇奇怪怪的人。这些人在现实里或许总戴着几层面具，只有在游戏里才会对着熟悉的陌生网友畅所欲言。

紫姨是小有名气的女玩家，孤身一人打入了战斗力排行榜第一页，认识她以前，我自动将她归入了女强人行列，一起打了几次游戏之后才发现，四十岁的紫姨有着比我还哈罗凯蒂的少女心。之后我隐约知道她在南方一座二线城市，拥有几家店铺和一对儿女，经历过两次婚姻，如今单身，平常在店里坐镇，所以才有许多时间玩游戏。

她在弹窗里说："跟你说个事，你不会觉得我很奇怪吧？"

我说："当然不会啦。你快说！"

她发了个羞涩的表情，说："我又结婚了！"

我说："哎呀，恭喜恭喜。这有什么奇怪的？"

她又发了个羞涩的表情，说："可是，我这次的丈夫比我小十一岁欸。"

我说："哇哦，你为什么嫁给他？"

这一次她终于没有加表情了："因为他让我感觉到爱情……可是，你觉得我会不会太老了？"

可是，你觉得我会不会太老了？

说实在的，这句话忽然让我感到有些羞愧。

我郑重其事地回复她："一颗能感受到爱情的心，永远是年轻鲜活的。"

不由得感慨，我们有多久没有好好用过"爱情"这个词了，取而代之的，嘲讽爱情成为我们的习惯。姚晨离婚的时候，很多人转发微博说"我再也不相信爱情了"；文章出轨的时候，很多人留言说

“我再也不相信爱情了”；李亚鹏王菲谢霆锋张柏芝那点事，让多少人过足了嘴瘾，好像爱情不过是分分合合，明星的经历就成了普通人的爱情指向标。

我打开知乎的网页，从朋友邀请里点进那个问题，认认真真地打下了这个回答：

两性关系里，身为女人的你最看重什么？

爱情，说到底还是爱情。虽然承认这一点一度令我非常羞愧。

我以为经历过沙砾含珠的感情之后，自己多少能在情障迷宫里有所领悟，明白什么样的人最适合自己，面对注定无果的感情，也会懂得放弃，不做无谓的挣扎。

拷问内心之后才不得不诚实面对，有些人说收获，有些人说救赎，对我而言，那些都是退一步的自我安慰。如果爱死了、情灭了，毕竟和他同行一段，受益匪浅，成长很多，也不算亏。

其实，要么双赢，要么亏欠。两性之间，能说赚的只有爱情。然而，当感情被当成交易来计算的时候，你就已经一败涂地。

我当然知道爱情是个玄之又玄的东西，后辈们也常常得到这样的训诫：这世上根本没有长久的爱情。然而这个天然的事实，就像人总是要死的一样，对我们来说毫无意义。

我还记得刚喜欢上一个人的时候，和他一起去逛街，在最热闹的三里屯，要过马路，他装作不经意地伸出手，等我放上去就再也没有松开。街道旁边是霓虹闪烁的店铺，马路上是嬉笑喧闹的行人，可是他牵着我的手，好像一切都模糊成背景，眼里只剩一个人。某次和他约好了地方见面，一路上发着短信，我说“我在路上呢”，他说“我知道呀”，我说“你怎么知道呀”，他说“你说了嘛”，这种没有意义的无聊对话，竟然成了回忆里最温暖的亮点。

后来我们当然没有在一起，他有他走不出的往事，我有我放不下的尊严，中间还夹杂着零零碎碎的对错。但组成我们生命的，从来不是枯燥的永恒，而是那些怦然心动的细节，正如定义一段感情的，不应该是一条河流干涸或汇入湖泊、海洋的结局，而是它蜿蜒而过的路程。

有胆子享受快乐，也要有骨气承受痛苦。

即使河流最终干涸，我也欣喜于途中一切或肆意或坎坷的相逢，和它流过高原丘陵峡谷之后改变的地形。

毕竟这世界上很难再有另外一件东西，可以像爱情一样，带给我们如此两极化的感受。快乐的绝对值加上痛苦的绝对值，就是我最看重的东西。

也许在大部分时候，我都是一个过于自制和理性的人。而在爱情里，去享受愚蠢、嫉妒、张扬、散漫和对时间无止境的毫不羞愧的浪费，是一件多么幸福的事。

也许在大部分时候，我都是一个过于快乐和自得的人。而在爱情里，去感受遗憾、痛苦、折磨、纠结和沉浸在自己小小世界里的万念俱灰，是一件多么难得的事。

弗洛姆在《爱的艺术》里说，这种感情需求是不成熟的，在爱情之初，双方陷入自我边界的崩溃和坍塌，造成激情的错觉。《圆觉经》里也讲：譬彼病目，见空中花及第二月。

我不怕虚妄，也不管无明，更不想搭理什么注定的死亡，你说这是“来如春梦几多时，去似朝云无觅处”，可我追求的就是镜中花、水中月、心中锁呀。

因为我年轻呀。我不入红尘，谁入红尘呢？

为什么我们谈不好一场恋爱?

范冰冰和李晨闹得火热那会儿，前女友们集体出来搅局。张馨予、迪丽娜尔、刘芸，一个接一个地被曝出曾收到李晨送的心形石头的微博。

我随便代入一个，身临其境地想象了一下，觉得画面无比苍凉：

男朋友去海滩玩，带回来一块心形石头，告诉热恋中的女孩："它就像我爱你的心，即使被海水打磨，被风沙掩埋，也能显出它的真诚。"女孩喜不自禁，小心翼翼地把它放在玻璃柜子里，挑好角度，就着灯光拍了照片，配上文字，发了微博。后来，他们分开了，情话都成泡影，唯有石头还留在那里。难过的时候，想他的时候，女孩就看看那块石头。因为有这块石头，好像就有他爱过自己的证据，心里的恨、心里的怨也可以偷偷地收起来，装出一副温柔大方的模样送上祝福。

可是突然有一天，她发现这只不过是那个男孩子从小就熟练掌握的戏法，她这个前女友收到过，前前女友收到过，前前前女友也收到过，原来这个她视之珍重、以为独一无二的爱的证据，只不过是别人随便拿起、随便送出的几分之一。

就算是金刚石做的心，在那一刻也会碎了吧。

就像真正的失去，就是突然发现，原来，自始至终就没有得到过啊。

我一女同学恋爱的时候，曾经娇羞无限地跟我们讲，男朋友为她设置的备注名是“亲爱的喵喵”，所以她经常转发诸如《爱你的男人把你当作猫，不爱你的男人把你当作狗》《你是不是像猫一样的女人》之类的文章到朋友圈里。我们心里虽觉得肉麻至极，也都心照不宣地点赞寒暄。

后来这位女同学因为异地分手了，听别人说我包治百病，尤治失恋，抓着我在北京秋风初至的操场兜圈子，问我该怎么走出失恋的困局。我说我们学宗教的人不能这点志气也没有，缘分到了的事，不要勉强彼此。她说她就是忘不了他，每次看到宿舍门口那几只猫，或者看到别人在朋友圈里发猫的状态，她就会想起他温柔地叫她喵喵。说着说着，姑娘眼眶转红。我默然无语，失恋这种事，哪是听听别人的劝解就能走出来的？

没想到不过一周，她再次拉我聊天散心，脸上表情就从难舍难分到了咬牙切齿。我问发生了什么，她狠狠地咬着奶茶吸管：“我上周特别想他，就突发奇想去翻他人人，结果发现了他的前女友，点进去看到那个女孩子发的截图……”我看着她急遽变化的脸色，心里纳闷，问道：“莫非是跟你恋爱期间同时和前女友纠缠不分被你发现了？”

同学眼神黯淡，带着愤然，又带着解脱：“原来他给她的备注是‘最亲爱的喵喵’。”哦，我心下了然，这他妈还多了一个“最”字呢。

我明白她的难过和释然：我曾经浓烈地、独一无二地、像献祭一般地爱过你。在我的世界里，你就像神一样，我还以为你给我的爱也是旗鼓相当的。可是有一天我发现，这份爱竟然是可以复制的。既然你的爱不是唯一的，那我就不要了。

到这时候突然醒悟，镜花水月，本来就是不存在的东西。

发现自己成了那只可怜的猴子，拎着最美的竹篮兴冲冲地去打水，碰见另一只猴子说“我还能替你把月亮捞上来”，你就傻傻地当真了。

怪不得林夕要写：要拥有，必先懂得失去怎接受。

人的内心，潜伏着永远满足不了的欲望，而由欲望幻化出无数的虚妄。你若知所知非空，才能拥有，也要知所知皆空，才敢去拥有。

明白失去的最大限度，多不过付出的一切。

不怕失去，才能得到。

都是很简单的道理，可我们还是失不好一场恋，也谈不好一场爱。

那些默默地拯救世界的人

2014年春末，我开始上知乎，惊喜地结交了许多学哲学的朋友，并且加入了一个非常有趣的讨论小组。

或许因为大家都学哲学，即使聊起诸如爱情之类的感性词汇，也充满浓浓的腐朽气息。譬如某人吐槽，他觉得“好多小说让女性读者甚至男性读者患上了一种病——真爱病，好像命中注定有个真爱似的”，而他认为“其实没有，你喜欢的是多个特指的组合”。这时，另一个朋友说：“引入真爱理论有助于促进婚内团结，但对相亲配对有反作用，这也许是勒夏特列原理的一种体现。”

这可能是所谓圈子的唯一好处，如果你和其他人聊爱情的时候说这些，很容易就被认为是在装 ×。事实上，当一群学习哲学的人聚在一起的时候，对于不接触哲学的人来说，对话门槛确实在无形中被提高了。哲学与其他学科不同的一点，在于它本身就是对日常生活的另一套话语的建构。

曾经有两个广为流传的梗，一个叫作“黑熊装扮者”：

一个哲学系的人找不到工作，只好去动物园扮黑熊糊口。当他打扮成黑熊被关进笼子的时候，才发现角落里有另一只黑熊，正打算喊救命，那只黑熊说：“别怕，我也是哲学系的。”

另一个叫作“哲学家的鸡”：

有个哲学系大学生毕业后回家，父亲杀鸡买酒招待他。

吃饭时，父亲问儿子：“你在大学里学的什么？”

“哲学。”

“学这有什么用？”

儿子说：“学了哲学，看问题就和别人不一样。就拿咱们桌子上的这只鸡来说，在普通人看来它就是一只鸡，一只具体的鸡，但在我们学过哲学的人看来是两只鸡，除了一只具体的鸡以外，还有一只抽象的鸡。”

一直听他们谈话的妹妹听了，突然插嘴说：“那好，我和爸爸吃这只具体的鸡，你一个人吃那只抽象的鸡吧。”

这两个梗常被哲学系学生拿来自黑。

哲学本来就是抽象的，是对那些我们在日常生活中习以为常的事情进行的重新认识。为此，数千年来，从轴心时代到近代再到现代，哲学家们在生活之外的领域，创造了许许多多对我们的现实生活并无多大用处的词语。有些词，譬如现象、辩证、经验等，还有些词，譬如物自体、异化、范畴等，前者你或许觉得过于熟悉，后者你或许觉得过于陌生，但是对于学哲学的人来说，它们是一样的，它们都需要被重新认识，在一套新的话语体系里被重新建构。

在这样的学习过程中，你不可能再昧着良心说“学习哲学对我看待生活没有丝毫影响”，只是这种影响并不是能够被学习中的人突然发现的，它异常缓慢，甚至悄无声息，等你发现的时候，你只会觉得：难道这个世界不是本来就该这样子吗？至于它从前在你眼中是什么样子，或许你早已不记得了。

很多人会问，既然哲学家们研究的这些知识对我们的现实生活没有太大用处，那么对于普通人来说，哲学到底有什么好处或者帮助呢？——你看那帮人，不从事实际的生产劳动，整天坐在那里瞎想，谁不会啊？

我在学习哲学以前也常常有这样的想法。事实上，学习哲学之后，我也从来不认为这是一件特别“光荣”的事。它枯燥乏味，对于大部分人来说没有丝毫用处，如果没有其他技能傍身或者爬不到学术金字塔的顶端，光拿一份哲学专业的学士文凭或者硕士文凭甚至难以找到一份合意的工作。

对于普通人来说，哲学存在的意义是什么呢？这个问题这几年来一直困扰着我。这看上去就好像是一群无聊的人在做无聊的事，而大众对他们，或是全然的蔑视，或是无知的崇敬，却很难有理解和共鸣。

很久以前知乎上有一个问题：有没有可能，这个世界被某些人默默地拯救了，我们却不知道？

看到这个问题的时候，我突然想到，哲学家就是这样子的啊。哲学存在的意义，可能就是守护人类认知的边界。人类认知的边界线就是哲学家们的战场。与其他战争不一样的是，他们甚至不知道敌人是谁。踏出这片疆域，或许是汪洋大海，或许是噬人黑洞。哲学家们一辈子驻扎在这条边界线上，默默地守护着人类的认知王国，默默地开疆辟土，拓宽人类思维的范畴。

很多人都不知道这有多危险，就像他们这一生都在忙着果腹、谈情说爱、生儿育女，却从来不会去想：我们凭借什么活在这个世界上？我们为什么要生孩子？我们为什么要工作？为什么存在真理？我们为什么可以信任真理？为什么科学是值得信赖的？为什么我住在二十八层的高楼里，乘着电梯，却不用担心自己会死——在一百年前，所有人都认为这是不可能的。

这些问题，不去想对生活也没有妨碍，我们的一生亦不会有多大差别。当你有一天突然想到这些问题的时候，你才会怕，才会恐慌，因为你甚至不知道自己是谁、是否存在。就像坠入无底深渊，也许下面还有一群怪兽张着血淋淋的大口等着你。

这个时候你会发现，原来有一批人，他们的使命就是去想这些问题。那些让你窒息的问题，已经有很多人解答过它们，那些怪兽都被关进了笼子里，虽然依然面目狰狞，但好像没有那么可怕了。

这就是哲学家存在的意义。他们的思想比最广袤的海洋还要广阔。他们的生命结束之后，他们的思想就像一颗颗星星一样，被挂在黑色的天幕上，只有迷路的人才会懂得它们的意义。

学习哲学的人，可能是最清楚自己正在迷路的人。

一群学习哲学的人聚在一起甚至相爱，就是对认识到自己正在迷路这个事实以后感到孤独和恐慌的莫大安慰。

“我迷路了欸，你知道怎么走吗？”

“我也迷路了欸，要不一起走吧。”

对有些人来说，出家，就是回家

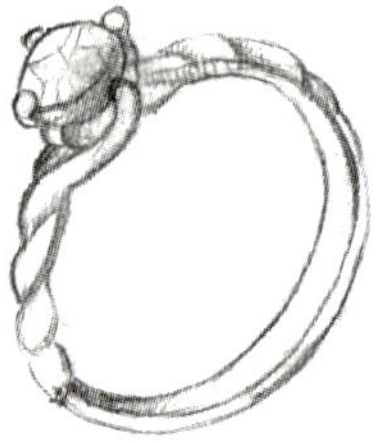

大学期间，因为专业原因，常常能接触到许多在外人看来非常神秘的牧师、神父、和尚，他们中的大部分人其实年纪与我相差无几。回来讲给朋友听，有些人就很诧异：那些人那么年轻，为什么会成为神职人员呢？

在国外，牧师或者神父还属于比较常见的职业，国内略微少见。

有一个笑话：大家都知道，牧师是可以结婚的，神父才必须保持独身，全心全意侍奉主。但是，现代社会，饮食男女，神父也是普通人哪，他们想结婚了怎么办？国外一些聪明的神父就想了个好办法，他们在结婚之前转到新教的教派，结完婚之后再转回原来的教派，如此一来，按照天主教的教义，教徒又不能离婚。从此以后，神父们就过上了“性”福美好的生活。

这虽然是个笑话，但也反应了大家心中普遍存在的困惑。因为世俗世界把传宗接代视为头等大事，所以普通人往往无法理解，一些神职人员，尤其是天主教徒和佛教徒，为什么就愿意放弃俗世生活呢？

不同教派的神职人员差异还是很大的。一般来说，新教的牧师尚且过得去，尤其在一些经济发达的地区，工作环境好，上班时间短，工资高，福利好，社会地位也不错，没准儿还得竞争上岗。

我上高中那会儿，有一位在省里都排得上号的物理老师，带出过很多金牌学生，是学科带头人。他是一名基督徒，常常跑去教会做义务宣讲。由于他当了很多年老师，而且还是个名师，口才一流，讲道幽默，极受弟兄姊妹的欢迎。为了抽出更多的时间在教会干活，他自请调去了一所普通的高中教物理。后来，他干脆辞职，一心一意当起了牧师。那时候他也才四十出头，本该是事业最为辉煌的时候。

有些人就觉得可惜，说：“唉，那个王老师怎么就这样了呢？”很久之后的一天，我陪外婆去做礼拜，刚好遇上他在布道。外婆说：“哎呀，他就是以前在你高中教物理的那个老师。”整个上午，他的脸上安宁喜乐，全程一口水都没喝。散场之后，旁人还是喊他王老师，纷纷上前和他打招呼：“王老师，你今天讲的，我听了真明白。”“王老师，你上次讲的《马太福音》那章，我有个问题。”“王老师，我们家孙子物理不太好，你能不能帮他补补啊？”……他乐呵呵地一一回答。我想，支持他做出在这个城市的人看来还略显惊世骇俗的决定的，一定是他内心真正的喜悦和满足。

当然，相比于家庭工作两不误的新教牧师，选择做一名神父确实更令人好奇。某次活动，学院请了中国天主教神学院的年轻学生和我们交流。他们的年纪和我们差不多，大多是九〇后，有些是在教区服务了几年之后才到神学院进修的，也基本是八五后。做自我介绍的时候，他们都说到了自己进神学院的原因。他们大多出生于世代信教的天主教家庭，家庭条件在当地都算不错，父母也支持他们的决定，他们就通过推荐或者考试进了神学院，决心做一名真正的神父。

我当时觉得蛮可惜的，哎呀，这些人长得都挺帅的，说话温声细语，只有在谈到信仰的时候才会两眼放光，掷地有声，“……于是，我决定把自己奉献给主！”因为我中途聊到家里有人信教，有几位神学院的同学还要了我的联系方式。他们每隔一段时间就会给我发慕道资料，他们的社交网站动态就是罗马教皇全世界跑的新闻实时报送大集合。

这时候我也疑惑了。对于一个拥有丰富的社交生活和物质条件的九〇后来说，确实很难真正理解清教徒似的生活。直到有一次，系里组织去某禅宗寺庙实习。这个实习持续了很多年，寺里对我们的照顾很周到，特意派了与我们年龄相仿的传学小师傅全程陪伴。

某天晚上的交流活动，临近尾声，有个男生站起来问了这个很俗的问题："请问您为什么要出家呢？是看破红尘了吗？"

我们哄然大笑。对于宗教专业的学生来说，这个问题可算不上是个好问题。但其实对这个年轻又英俊的传学小师傅，我们心里都有着或多或少的好奇，这位冒失的男同学问出了我们的心声。

传学小师傅笑了一下，淡淡地说："我才二十多岁，都没入过红尘，谈什么看破红尘呢？几年前，我一来到这里就感觉到说不出的舒服和自在，家里开了商店，父母不用担心生计，我又还有一个弟弟，就决定留下来了。"

传学小师傅说完就放下了话筒，没再多说一句。我们没回应，就那么愣在那里。

我想起大一那年暑假，我和调研组去湖北省土家族苗族自治州做课题，调研地点在一个离镇上有两小时车程的村子里。那里是一百年前鄂西地区的天主教传播中心——花梨岭天主教堂，如今只剩下一个本村的老年修士以及两位临时从北方教区抽调到这边帮忙的修女，她们说去年她们送走了这里的最后一位老修女。老修女原本是出身于书香门第的小姐，年轻时从家里逃婚，来到这里做修女，新中国成立后，她家里的后辈想接她回去，她不愿意走，一辈子独身，守护着这座凉雾山下的教堂。她的名字很好听，叫段兴柔，就像我在陈列室里偶然找到的她年轻时的照片，柔婉淑美。她的墓碑中间刻着她的教名：奥斯定。她的墓碑后面还有几块墓碑，我们去的时候，右边那块尚倒在地上。接待我们的修女很高兴，对我和同伴说："你们能跟我一起扶吗？"我们几个人一起用力把那块墓碑抬起来，虫蚁散落，草木纠缠。

那墓园子很大，远处还有零落墓碑，我们所见不过七块，都是在此地长眠的修士和修女。

人的一生漫长又倏忽而过，选择做什么事、最后干了什么事，有时是苦心经营的局，有时是机缘巧合的果，而我们匆匆路过了七段人生，到底无法明白，他们为什么选择留在那里。

听完传学小师傅的一番话，我才似醍醐灌顶，恍然大悟。

原来大千世界，参差多态。对有些人来说，出家，就是回家。

我们到底喜欢霸道总裁什么？

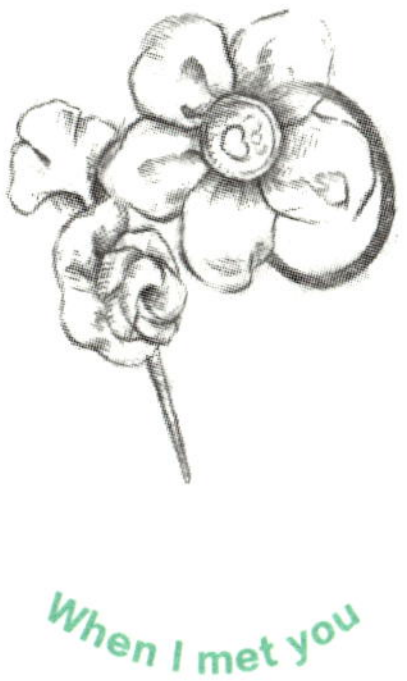

很多女孩子都喜欢看总裁文。总裁文是言情小说的一种，从琼瑶阿姨开山立派开始，经过以席绢、于晴为代表的台湾派与以亦舒为代表的香港派的发展，到大陆扎根，蓬勃生长，演绎出无数轻松浪漫的爱情喜剧。很多人觉得总裁文剧情简单，对话小白，不能理解它为什么能风靡港台和内地，今天我们就来剖析一下，总裁文到底是如何产生的。

我国的言情小说历史悠久，最早可以追溯到《诗经》。言情小说是以男女情爱为主线的小说。爱情是文学作品永恒的主题，但显然我们不能把所有涉及爱情的小说都称为言情小说。因此，我特意强调了“主线”两个字。言情小说中当然也可以有其他元素，比如商战、医学、艺术等，但其他元素都是为了辅助男女主人公相爱而设定的。言情小说因为过于强调节奏、速度，以刺激读者的感官为首要目标，所以很难出现达到“金线”[1]的精品之作。

但这不是绝对的，大仲马是通俗小说之王，他原先是一位剧作家，后来和人合伙写小说。其作品产量高到令人难以置信的程度，因此有很多史界的人考证得出：他早年名利双收，后来雇用枪手为自己写作，最后他生产小说甚至达到了流水线的级别——他构思大纲，交由手下的人填充内容，最后冠以大仲马的名字出版，往往能大卖。他名下的很多言情小说最后都得到了很高的赞誉。再比如勃朗特三姐妹，她们的小说最初也是以言情小说之名大卖于英国书市，最后才被摆放进经典文学的书柜。夏洛蒂·勃朗特的《简·爱》是我小时候看的第一部经典言情小说。

那么，为何有些言情小说能脱颖而出并成为经典呢？我觉得是因为它们比普通的言情小说更进了一步。普通的小言以爱情为主线，通过其他元素渲染爱情，而经典小说在做到这一步的基础上，把爱情放置在一个大的时代背景下，通过对爱情的描写去证明一些全人

---

1 冯唐提出文学有一条金线：表达的内容要能冲击愚昧狭隘的世界观和人生观，探寻人性的各种幽微之火，表达的形式要能陈言务去，挑战语言表达能力和效率的极限。

类共通的情感。

所以有的时候，我也把前者称为小言，把后者称为大言。

毫无疑问，总裁文是小言的重要流派。

我曾经试图考证“总裁”这个词的来源，觉得这个词的出现大概和港台的翻译有关。做学术的都知道，港台和内地有着截然不同的翻译风格。“总裁”这个词大概是早期由港台翻译过来的，是大公司或者集团的执行长，执行长跟董事长和首席执行官是不同的概念，虽然同样产生于董事会，但“总裁”这个词显得更“霸道”一些，最准确的翻译应该是最高行政主管。

没关系，我们不用在“总裁”一词的来源上纠结，因为当总裁这个角色被引入言情小说，其所承担的角色就不仅仅是某个职位的高管了。

总裁文作为一种标志性文体出现于20世纪八九十年代的港台，大概五年后传播到内地。总裁作为言情小说中极其受欢迎的男主，一时间刮起了一股旋风。

总裁通常承担以下角色设定：某著名集团公司的继承人，年轻（二十五到三十岁），颜值高，身体健硕，早期性格以强势霸道为主，后温柔派也占据了一定的市场。

总裁文后来衍化出了高干文，即以高级干部子弟为主角的言情小说。

总之，总裁文是时代的产物，也就是说，当“总裁”这个词流行的时候，我们就把这样的男主叫作总裁。后来，“官二代”“富二代”这些词流行，也就顺势出现了高干文。

我一直试图将总裁文这一言情小说类型当作一种客观的社会现象，分析它出现的原因，并不对其进行价值判断，也不根据自己的喜恶进行评价。

从社会环境来看，总裁文的出现是因为阶层固化正在加剧。通过联姻改变自己的社会阶级，也许是当前可以选择的最方便的途径之一。联姻并不一定是强强联合，可以是任何通过婚姻关系来获取利益的结合。历史证明，女性通过联姻获得阶级上的提升的可能性远远高于男性。在目前阶段，女性自身的价值对婚姻的影响更大，比如面容、形体以及生育价值等，因此先天条件优越的女性往往更容易得到更高阶级男性的青睐，她们也更愿意和这样的男性结合。

这也可以解释为什么我们对邓文迪的故事如此感兴趣，其实这就是一个现实版的“霸道总裁爱上我”的故事。但是如果把默多克塑造成男主，这样的小说就无法热卖，因为他太老了，虽然他年轻的时候真的挺帅的。因此如果要处理成小说，写手们会更改一些条件，比如把默多克的年龄调到三十五岁，把邓文迪的年龄调到二十五岁，抹掉邓文迪的婚史，将邓设定为一个大学毕业两三年、虽然世故但仍然保留着一丝天真的女孩。这样，一部热卖的总裁文就诞生了。

但在这样的逻辑背后，实际上是鼓励女性通过联姻来获得阶级的提升。

从社会功能论的角度看，这类小说的三观是符合社会主流价值观的。总裁文的女主往往是非常善良的，孝顺、诚信、友善或者说老实，后来演变成了呆萌，总之背后就是一种对于女性角色的预设——这样的女性更容易得到更高阶级的男性的青睐。

叙事性文体是传播伦理的最好载体。我们小时候听妈妈讲童话，听老师讲故事，我们成长初期所受的教育，大多基于叙事性文体。童话里的公主都是善良的，所以她们遇到了王子；让梨的孔融是好孩子，这样的孩子是大人喜欢的；砍了樱桃树的华盛顿后来成了美国总统，知错就改和诚实是伟人的共同品质……很多故事是假的，但道理是真的。这些被倡导的伦理道德是社会希望处于社会中的个体能够具有的，这样的个体可以帮助社会更好地存在和发展。

其实，以上所有的话都是胡说的。

很多人看不起这些通俗小说、轻巧故事，但为什么要强迫别人去阅读那些艰深晦涩的书呢？学不来深邃，至少能习得一些良善，凡是存在的，都是合理的。

纯洁有风险，想爱需谨慎

作为一个学宗教的人，我常常会被问到各种和宗教有关的从政治到爱情的稀奇古怪的问题。比如有一天，多年不见的老同学老茹突然发微信说："我听说基督徒不能有婚前性行为。"

我淡淡地回道："是有这么个说法。"

他感慨："原来世界上还有这么纯洁的人。"

很显然，他未曾区分应然和实然的差别。这个世界上有很多人把实然当作应然，从而对各种意识形态大加鞭挞。同时，这个世界上也有很多像老茹一样纯洁的人，虽然我知道他早已不是一个处男，但我仍然认为他是一个纯洁的人。

我不想和老茹讨论基督教对于婚前性行为的规训，如果你去谷歌上搜一下关键词，就会发现有足够多的论文讨论过这一点。虽然我认识的不少信仰基督教的女孩子仍然坚守着这个古老的规训，其中不乏美丽动人的，甚至有在国外留学多年的姑娘，某些人还有恋爱多年的男友，但我也得老实地告诉你，社会学的数据告诉我们，基督徒与非基督徒的婚前性行为概率没有太大的差别。

我只是觉得我应该帮老茹辨析一下婚前性行为和纯洁的“因果”关系。如果直接把没有发生婚前性行为和纯洁联系在一起，那么就是说处女比非处女纯洁，这种评断显然是不妥当的。

有两个故事。一个是知乎上匿名的男孩子讲的，他和前女友在大学里相识，她是个纯洁的女孩子，两人在一起四五年，见过父母，谈婚论嫁。她之前谈过恋爱，但第一次是给的他，他对她很好，好到周围的朋友都觉得如果两人分开他们就不相信爱情了。可是有一天晚上，她突然对他说，她对他没感觉了，她和另一个人在一起了。

然后，这个男孩子写了下面这段文字：

那时候几乎绝望。任何事情我都能想办法补救，可是没感觉这事太玄了，我感觉非常无力。

我当时思考的结果就是，无意识的善，其实离恶不远。

什么叫有意识？有意识就是在没有受到诱惑的时候，她已经想过如果出现诱惑，她会怎么处理。在过得十分顺利的情况下，她就已经想到如果有困难，该怎么处理。

所以，并不是所有的善都值得宣扬，而只有有意识的善才值得宣扬，因为有些人的善只是一种集体无意识。别人说要孝敬父母，她也孝敬父母；别人尊敬师长，她也尊敬师长。她并没有想过，因为父母对自己的付出所以孝敬父母，也不曾思考，因为师长的提携所以尊敬师长。她一直表现良好是因为她周围的环境好，她的闺密、同学都乖乖地和男友相处，所以她也如此。她并未认真思考自己做出的承诺意味着什么。

这种无意识的善和无意识的恶，仅仅一线之差而已。

所以，爱上一个善良单纯的女孩，你就要承担风险。这个社会对女孩的要求就是含蓄内敛，不出格便是非常优秀的品质，很多女孩子缺少跟社会碰撞的机会。没有碰撞，就没有受伤和思考。因此，大多数女孩表现出的良好品质就不可靠。

她们的善良、单纯、忠诚没有经过考验和思考。她们之所以忠诚，不是她们自己要忠诚，而是因为受到社会影响。她们不知道忠诚的意思，不知道善的意义，更不知道恶的坏，不了解诱惑的存在。这种善是极容易被诱惑的。

所以“单纯”从来不是什么好词，也不要喜欢这种所谓的单纯善良的姑娘了。我宁愿喜欢经过思考的毅然决然的恶，也不会喜欢这种善良。这种无意识的善应该被诅咒。生而为人，却从不思考，任由冲动、任性、自我中心在自己身上常驻。无意识的善，其实就是恶。

另一个故事发生在我认识的女孩子身上。她和男友跨国恋三年，一年到头，见面次数屈指可数。我笑问生理需求怎么解决，一向和我胡打胡闹的她正经地回了我一行字：欲望当然会有，但任何时候，身体都应该比欲望澄澈。“是的，”我说，“可以自己解决。”她说：“去你的。”

我讲这两个故事，是想表达“纯洁”是个没有意义的词，尤其是当你把它和性联系在一起的时候。性交对象的数量、是否有婚前性行为都无法表明一个人是否“纯洁”。

大部分人对性的关注或者说焦虑，折射的是我们对稳定关系的追求。我们希望自己的伴侣专一忠贞，而性的专一，尤其是固定伴侣譬如情侣、夫妻之间的性的专一，已经成为一段稳定关系的重要标志。然而，人们在恋爱及婚姻中是否应从一而终，为何总是事与愿违，这才是我们想要弄明白的问题。

很多人觉得拥有一个没有婚前性行为的伴侣风险更低。事实上，我能查到的比较靠谱的一份性社会学抽样调查的统计数字表明，美国人的婚外性行为发生率比中国人低得多，因为很多美国人在出轨之前就选择离婚了。因为婚前协议及社会伦理等因素，美国人的离婚成本比中国人低。在未来的很多年内，出于历史的惯性，中国人的离婚率虽然仍会走高，但离婚成本不会显著下降。那么，该如何处理更换伴侣的沉没成本的累计损失和人喜新厌旧的天性之间的矛盾呢？说人话就是，当你移情别恋，但是发现离婚的成本太高，你该怎么办？

我思考了很多天，发现这个问题没有答案。对于这个问题，只能假定以独善其身为前提，因为伦理和道德在此失去了效力，虽然我一直认为人不应该放纵自己的欲望，或者说克制自己的欲望是一种美德。所有的宗教和公共伦理都必然指向节欲，这是不言而喻的。

但是，讨论这种抽象的概念有什么意义呢？解决问题比讨论问题重要。

你问我该怎么办，我说，首先你得有个女朋友。

最可怕的是“为了你好”

小学的时候，我喜欢上篮球，在女子篮球队训练了两三年。进中学之后，因为学校没有女篮队，也没有一起打篮球的女孩子，我便和男孩子们一起打球。篮球场的栅栏外就是马路，我家离学校很近，偶尔有认识的叔叔阿姨经过认出我，便到我家偷偷跟我妈说：“我看到你们家女儿和一群男生一起打球，里面还有几个光着上身的呢，你要好好管管她啊！”

这件事我前几天才从我妈口中得知。我问我妈：“你当时怎么不告诉我？”她说：“我觉得他们多管闲事，更不希望你因为这些话而有所顾忌。”

我一直很庆幸，我拥有一个虽然自己在行事上非常传统，但在教育孩子上异常开明的母亲，在我的成长过程中，她为我撤除了许多安插在两性间的藩篱。

我想象着他们到我妈面前，用一种语重心长的口气说“你要好好管管她啊”的场景，觉得不可思议。他们都是我的长辈，出发点自然是为了我好，有些人觉得女孩子就应该文文静静的，怎么可以去干打篮球这种粗鲁的事呢？有些人是替我担心，小姑娘家家的，怎么可以和一群光着上身的男孩子一起打球？哦，是了，有个很古老的名词叫“闺誉”。

后来我高考结束，亲戚朋友来家里做客，先是祝贺，后来听说我选了宗教学，立马脸色大变，指着我妈道：“你是怎么当妈的，怎么给孩子选这种找不到工作的专业？”我妈大窘：“这是她自己选的啊。”他们依旧喋喋不休：“孩子不懂事，你也任由她胡闹吗？”然后就给我提建议：“我听说大学里是可以转专业的，你进去之后问问老师。听叔叔的，换一个有用的专业，像你这样的，长得好看，又能写东西，以后回家考个公务员，生活多顺心。”我耐心地微笑着听完，说：“好，我会考虑您的建议的。”我有些难过，却不生气，因为我知道他们真是为了我好。

但最可怕的就是“为了你好”。你可以对谩骂、侮辱视若无睹，却无法对语重心长的“为了你好”无动于衷。这种“为了你好”的背后是千百年来形成的难以更改的固化思想，他们说的“好”是眼界内的安全区域，比如“女孩子要听话乖巧”“女孩子要在二十五岁前找好男朋友”“三十岁前一定要生孩子”“工作不要太辛苦，家庭幸福才是最大的幸福”……只要你的脚踏在里面，你就会被认为是安全的。

但凡你的脚踏出他们划定的范围，你就是个危险的异类。在一线城市，可能这种感受会略浅一些，但越往二线以下的城市、县城、乡村看，越是熟人社会，这个问题就越严重。

我一直觉得中国女权运动的特殊性和复杂性就在这里，在我们国家，女性会遭受各种各样的偏见，然而，男性也在为同样程度的偏见困扰——“男孩子选什么文科”“男人嘛，要有自己的事业”“娶老婆怎么能没有房子”“不孝有三，无后为大，你看别人家小孩都会打酱油了”……

在中国做人，无论男人还是女人，做的都是一个大写的正楷的人。你得规规矩矩地在给定的田字格内写，一撇一捺都有章法可循。

我们国家盛行各式字帖，虽品种多样，但大同小异，总离不开条条框框。纵然也有一些人自创字体，把“人”字写得很漂亮，但毕竟是少数，对他们羡慕嫉妒之后，大部分人只能低下头继续临摹摆在自己面前的字帖上的“人”。

你问我什么感受，我们中的大部分人都知道怎么去做一个女人/男人/人，才可以让自己活得更省力更省事更爽快。我们中的大部分人都选择了最优解的活法，只不过有些人引以为荣，有些人深以为憾，有些人以之为耻。

那些鬼故事教会我的事

每年到了七月半，我都喜欢讲这个鬼故事。

听说每逢七月中旬，阴阳交混，人鬼不分，阳世之人可偶见阴世。

七月十五前后三天，山野之间更有鬼魂出没。那天，小道士路过城郊，碰见两鬼，谨记师父嘱咐，匆匆而过，却看见极其不堪的一幕，回去就义愤填膺地说给师父老道长听："我瞧见一女鬼，恁不知羞耻，头发花白，牙齿稀落，还勾着一俊俏少年郎放浪调情！"

老道长听后竟是一叹："你不知道，那原是对恩爱夫妻。丈夫去得早，奈何桥口等了数十年，三年前才等到妻子，得以相逢在桥边。又怕转世后失散，故甘愿当孤魂野鬼，也要再次厮守。"

小道士愕然。

如果小道士功力深厚，心怀正义，他大概会选择出手，斩妖除魔，匡扶正义，譬如我们熟悉的法海和尚。

电影《青蛇》里，赵文卓扮演的法海是一个年纪轻轻却法力深厚的和尚，他以替天行道为己任，识破了一只修行两百年的蜘蛛精的伪装，不顾蜘蛛精的求饶，将其镇压于巨石之下。直到他发现蜘蛛精留下的佛光流转的手串，才知道自己杀错了妖，这确实是一只受过佛祖点化、决心去恶扬善的好妖精。

可惜法海并没有从中吸取教训，后来他发现白蛇与许仙生活在一起，断定是白蛇引诱许仙，她一定是想加害他。直到白蛇产子，力竭而亡，他才明白自己又犯了同样的错误。

这两个故事摆在一起，可以讲很多道理。

比如说人道事，最忌讳看到表面就妄下定论。小道士起初认为女鬼无耻下流，恨不得降妖除魔，经老道长讲述知道了原委，亦被其真情感动。连亲眼所见的事情都可能有诸多隐情，可叹生活中的更多事情，人们听风就是雨，往往会造成无法化解的误会和隔阂。

比如能力越强，破坏力就越大。小道士看到老女鬼勾着小青年，以为女鬼淫荡，气愤之余不过是找老道长吐槽两句；法海看到蜘蛛精和白蛇却能够诛之而后快，还自以为替天行道。所以，你的能力越强，就越应该约束自己，一举一动都得三思而行。

可惜，讲故事的人假正经，听故事的人最无情。

后来我明白了，“江南”早就不仅仅用来描述这片土地上的生活，

它还属于所有对诗意拥有向往的人。无论游客到了旅游景点感到多么幻灭，

对诗意的幻想都将永久存在。

你的天涯，我的海角

Chapter 4

江南好，风景旧曾谙

小时候，我住在外婆家的老台门里。台门是江南民居的典型建筑，在绍兴尤盛，外婆家便在绍兴辖下一个不知名的小镇上。老台门隐藏在幽深的弄堂里，前后两道门，一大一小，大门带闩。四围九间厢房，据说原是外公祖上太爷爷独有的，后家道中落，台门东拆西卖。到外公手上，勉强买回来三间厢房，因此算上外公一家，台门凑了六户人家，竟也不觉得拥挤，只显得热闹。

一

早年父母外出工作，我养在外公外婆膝下，几年光景，称得上无忧无虑。我与外公外婆住一块儿，屋子有两层，一楼是厨房和堂前间，灶台和烟囱占据了主要空间，二楼便是卧室。木质楼梯踩上去，若跑得快些，便会“嘎吱嘎吱”响。大人们走在楼梯上总小心翼翼，唯恐撞到头，唯独我仗着身子矮横冲直撞，外婆便常念叨“慢点，慢点”。我的床安放在二楼的小房间里，每天早晨起床，外婆便来替我推开那扇雕花小扉，半梦半醒间的我听到“咿呀”的声响就迷迷糊糊睁开眼。阳光斜斜照在我的床头，我半眯着眼，瞧见灰尘们欢快地跳起舞来。

外婆给我穿戴整齐，外公便领着我走出台门，和邻居家的公公婆婆、对面厢房的太外公和太外婆打招呼，穿过弄堂，走到街口的早餐铺子前。一人点上一份大饼包油条，蘸上特制酱料，拿在手里便可以吃。豆浆有甜的、有咸的，小孩子喜甜，外公却喜咸。咸豆浆在江南以外并不多见，在豆浆里多加一勺酱油，撒上葱花和虾条即可。外公总是带着自己的大搪瓷杯，慢慢悠悠地喝完一大杯。

吃完早点，他便骑着老高的旧式自行车送我去托儿所，后来去幼儿园。老式自行车前面有一条粗壮的横杠，我坐在那个位置，顿觉威风八面，再也不肯坐回后座。外婆不许我坐前面，总觉得危险，外公用双臂揽着我，笑着说“我护着她，不要紧的”，外婆便拿我俩没办法了。去幼儿园需要经过曲曲折折的弄堂，弄堂里还环绕着一条小溪，小溪的一边是路，另一边是别人家的墙。路极窄，仅容两辆自行车通过。

有一次，外公骑车送我上学，转弯的时候遇上一辆忘了按铃的三轮车，避之不及，整辆车倒向小溪这边。奈何这辆自行车当真“高大威猛”，倒下来竟比小溪还宽，自行车的手把恰好卡在墙上。外公一手擦着石灰墙面，一手抱着横杠上摇摇欲坠的我，硬生生撑到三轮车上的人下来救了我俩。第二天，这奇险的事就传遍了整个镇子，人人都说老田看着瘦弱，碰上外孙女要出事情了，力气可变得真大。

二

印象中，那几年外公还是严厉偏多。早起不准赖床，吃饭不准剩一粒米，吃糖也是有限量的。他是个老手艺人，终归带了一丝严谨气息，小孩子大多怕他，尤其他还折了柳条挂在堂前间，扬言说不听话就用那个打屁股，我虽调皮捣蛋，话却不敢不听。外婆却把我宠得无法无天，大抵外婆都是这样子。外公立规矩那几年里，我靠着向外婆撒娇逃避了无数责罚。

外公用来装模作样的柳条就是从院子中的柳树上折的。院子里花草树木奇多无比，好看的有茶花、月季之类，光是能吃的就有石榴、橘子、葡萄和无花果。到了果实成熟的季节，小孩子们都翘首以盼，无论树是谁家的，各家都能分到很多果子。挑个大伙儿都在的时间，派台门里几个身子灵巧的年轻人，搭了架子爬上去采到箩筐里。若是自个儿台门里的，当然会先分到，剩下的便分成几份，派了小孩子往台门外的街坊邻居家里送。我是素来最爱干这个活儿的，满载而去，满载而归。小孩子长得可爱，嘴巴又甜，拎着小篮子往街坊邻居家送石榴，离人还有十来米呢，就隔空那么一喊："阿婆，吾（ou）把侬送石榴来啦！"等到了人家门口，爷爷奶奶们早准备好大把大把的饼干、糖果，直往我口袋里塞。简直美差一件。

因此，弄堂里我是混得第一手的好脸熟。那些老人家的孩子大都不在身边，幼儿园放学早，我就串门陪他们说话解闷。老人家们欢喜得不得了，孩子们孝敬他们的零嘴最后都进了我的肚子，他们还舍不得放我走，到了晚饭点儿，外公外婆不得不来寻我回家吃饭。

三

有的时候，我出了台门的后门，穿过弄堂，再走个百米路，就能看到一片片的田野和紧挨着的小山丘。田间小径上总飘着牛粪与青草混合的味道，运气好卡对了时间还能看到赶鸭子的人和他的鸭群，百看不厌。再往里走些是溪水和竹林。我有次踩了牛粪，把小皮鞋脱下来，想放在溪水里洗干净，结果一不小心，皮鞋顺着小溪漂走了。我总怀疑竹林里头住着神仙，可是每次只能瞧见零零散散的坟墓立在那儿，鬼气森森，我不敢往里走。看着别人家炊烟袅袅，我赶紧一路小跑溜回家。

回到家就被说“又去哪儿野了”，白裙子已然变成黑裙子。饭菜一定是极好的，光是下酒菜就能摆一桌。冬天的时候，外公和舅舅们每天都会温上一瓮黄酒，据说我这酒瘾就是被舅舅们馋起来的。非得每人轮番用筷头蘸着让我尝上一口，我才会乖乖吃饭。台门里还养了鸡鸭鹅预备着过年吃，这群禽兽平日里总是叫得惹人烦．偏偏小偷来了反而不吭声了。我常常说“这么笨的鸡不如今天就烧了吧”，那几只鸡似乎知道我总撺掇着早点吃它们，一见我就啄得我往柱子上爬。原先外公是养了一只大狼狗的，比我那时候的身子都大，可惜后来被车撞了，之后再也没见新的狗接班。

一切都很好，除了梅雨季节。“黄梅时节家家雨，青草池塘处处蛙”，大概也只有诗人能领略江南梅雨的美，在我的记忆中，梅雨就真的只剩下“霉”了。木质的房子潮得更厉害。院子里的泥土都沾到鞋子上带到屋子里，左右看着都碍眼。青石板路上生出一片片青苔，沿着路和墙的交接处往两边蔓延，尤其在茅房外的路上，有时候还能看见蠕动的白色小虫，似乎也受不了这湿闷天气，一群群地往外爬。茅房有前后两间，离前后两道门不远，梅雨季的气味格外持久浓重。这事说起来不够风雅，却与生活紧密相关。

四

某一年春节回老家，从发现用惯现代马桶的我再也无法忍受蹲茅房的那一刻起，我就知道这种生活已经离我远去，再也不会回来了。

游人常常埋怨乌镇、西塘或者其他类似的古镇满足不了他们对江南意境的想象。可是，所谓的“江南小镇”原本不过是柴米油盐，是这片土地上的人们曾经拥有过的生活，而经历，本来就是不可复制的。

小时候背诗，背到“春水碧于天，画船听雨眠。垆边人似月，皓腕凝霜雪”，只觉得是瞎扯，生活是那样琐碎平庸，哪里会如诗呢？

后来我明白了，“江南”早就不仅仅用来描述这片土地上的生活，它还属于所有对诗意拥有向往的人。无论游客到了旅游景点感到多么幻灭，对诗意的幻想都将永久存在，“人人尽说江南好，游人只合江南老”，一切都以文字为证。

我只是觉得有些悲哀，我们这一代人的文字，或许是这种生活最后的见证。

未老莫还乡，还乡须断肠。

只是外婆家的江南，再也回不去了。

我家有个天堂电影院

现在已经很少能见到影碟店了。

但在十五年前，如果家里经营这样一家店，是一件很幸福的事。

我妈讨厌按部就班的工作，喜欢自由的时间。在我上小学那一年，她决定接手县城里一家经营不善的影碟店，做一个清闲的老板娘，赚点过日子的伙食。最重要的是，没有加班没有出差没有朝九晚五，她就可以把所有的时间都用来陪女儿。她想，母女之间的缘分那么深又那么短，以后要送她离开家乡去念大学去谈恋爱去组建新的家庭，如果开一家小店，就可以每天等着她放学回家，给她做饭陪她聊八卦跟她一起追剧看电影，简直是再好不过了。

影碟店几经搬迁，也有过分店，主营碟片出租，夹带着出租漫画和言情小说，卖过花和女孩子的小饰品。

那是 1999 年末，世纪之交，当时国内最流行的是磁带和 VCD，过几年才会更新换代到 DVD，离互联网的普及也还有一段时间。

对于大部分人来说，想看电影只能去影碟店淘，想追电视剧不想看广告也得去影碟店租，想听某国某流行歌手的歌也只得去影碟店碰碰运气。所以，影碟店的生意还是相当不错的。我家的店规模不算特别大，也大约有三千来部电影 VCD、一千来套电视剧、几百张歌碟和磁带，应付一个小县城足够了。除了在固定的时间去上一级城市进货，有好的新片子出来还得额外跑几趟去拿货，热门的便多进上几份。

起初，因为店面租金和装修成本的投入，手里没有太多闲钱，不能全买正版，只得买些翻版的片子。那一两年，市场上的正版片子贵得吓人，便宜的也得二三十块钱，外租一次才收一块钱，很久才能回本。翻版的片子是漏了税的片子，有些翻版的质量比正版还要好，上市的时间也比正版早。嗯，翻版就是盗版。过了几年，大陆的影视市场迅速发展，逐渐繁荣起来，正版的价格就下降到了十来块钱，跟翻版没差多少，店里就全部进了正版。那几年版权问题查得很严，文化稽查大队常常上门抽查，没查到一张盗版，由此我家的店每年都被评为“先进文化工作单位”。

其实，出租碟片盈利微薄。出租一张电影碟片才一块钱，电视剧一集五毛钱。那利润从哪里来呢？还得靠卖。卖 VCD 机，卖音响，卖唱片，这些才是大头儿。

自家开店的好处，当然是什么新片新剧都能先看。小学低年级的时候，同学们知道我家有几柜子的动画片，恨不得天天跟我回家。店里的电视屏幕大，又配了大功率的音响，用来看《奥特曼》和《神奇宝贝》效果都特别好。自己做这行当然得了解市场行情，我妈几乎会把所有流行的电影和电视剧都刷上一遍，我自然也在旁边跟着看。那时候作业不多，放学很早，有很多很多时间拿来挥霍。有些电视剧电视里没播几集，家里就有了全套 VCD，花两三天时间刷完就不用等着广告插播电视剧了。电影从黑白片到最新的片子都能找到，我看着情节不错、主角养眼的都会翻出来瞧瞧，那时候小，看不太懂悲欢离合，只知道跟着笑和跟着哭。

顾客五花八门，有市政府的各级官员，也有混迹于本地的外地打工仔；有退休了在家待着无聊天天看喜剧片的老人家，也有工作之余一起追剧的年轻夫妻。影碟店就像一个驿站，串联起很多故事。爸妈为人和善，店中常备茶叶茶具，客人挑片挑得累了或者不急着走，就坐下来喝喝茶、聊聊天。除了熟客，也总能遇到各种稀奇古怪的人。有一位退休的老人家，业余钻研《周易》四十载，颇有半仙气质，后来要随着孩子搬去另一座城市，就从我妈那里拿了我的生辰八字，写了一堆我至今还看不明白的东西送给我。有一位辗转来大陆探亲兼旅游的台湾火车司机，路过本市觉得颇为投缘，便临时决定住上一个月，隔三岔五来借碟，和我聊台湾的风土人情，以及他那个十八岁就出门周游世界的儿子，临走前给我留言说“You are very pretty”。那时候，年幼的我从他们身上看到了不一样的世界，感谢那些陌生人。

至今令我有些遗憾的是，经营一家店就意味着没有休息日，我几乎没有机会和妈妈一起出门，所以我小的时候特别羡慕别人家的孩子能和父母一起出去旅游。但转念一想，好像又得到了更多。

那时候日子总是很悠闲，市场竞争不激烈，压力不大，钱不多，却也能凑合着过日子。租卖故事，听别人的故事，就这样过了八年。到2008年，随着互联网的普及，整个影碟行业都进入了寒冬，而且春天再也不会来了——所有的电影和电视剧都能在网上找到，哪还需要影碟店呢？情怀当不了饭吃。我妈恋恋不舍地关了影碟店，我忘了说名字，它叫作甲乙丙丁。

趁父母未老，
与他们聊聊青春

我是在十一岁那年突然意识到，一个人永远无法避免的遗憾，就是错过父母的青春。

三年级的清明节，学校组织扫墓。我们先是在艳阳下站了很久，听领导讲话和嘉宾致辞，紧接着下起一场倾盆大雨，大家都被淋成了落汤鸡，回到家少不得和我妈抱怨几句。我妈一边淘米，一边对我说：“你爸和黄伯伯他们也去扫墓了。”我说：“又没人逼他们，干吗跑那里去？”我妈停下手头的动作，看了我几眼：“他隔壁连的几位战友就埋在那儿……你爸总说，如果不是隔壁连先上前线，埋在那里的就是他们了……”

那是他们第一次和我聊到战争。我一直都知道爸爸当过兵，去过对越战场，上过前线，却不知道这些意味着什么，直到那天，迟钝的我才明白战争的残酷和身处战场的命悬一线——差一点，躺在那里的，就是我爸爸了；差一点，这个世界上，就没有我了。

长大一些，我总缠着他，让他给我讲战场上的事。然而，对我百依百顺有求必应的爸爸总是沉默。我问我妈："为什么爸爸不回答我啊？"我妈摸摸我的头："你别问他这些事了，有哪个人愿意回忆自己曾经差点被杀……和杀人呢？"

再年长一些，对战争、死亡、家国都有了更深的理解，回忆起这句话，数度落泪。

我妈曾经在闲聊时提到，我爸刚从部队里回老家的时候，一身正气，脑子里塞满了军队灌输给他的忠义勇烈，常常走着走着就路见不平、拔刀相助去了。有一次他俩出门散步，路过一辆卖西瓜的三轮车，骑在三轮车上的是一个七旬老头，后面跟着一群小混混儿。原来老头口袋里被风吹出来许多零钱，他们正捡得不亦乐乎。我爸看了火冒三丈，让我妈站在原地，跑上前去追老头，告诉他钱掉了。小混混儿们一看有人破坏他们的好事，就拔出身上的刀子，警告我爸不要多管闲事。老头也很紧张，待在一边，不敢吭声。我爸大喝一声，向前几个跨步就把带头的那个小混混儿钳制住，说："老子当年把脑袋别裤腰上打仗的时候，你们还没褪毛呢，现在就敢当着我的面欺负人了？”那些小混混儿被他的气势镇住了，唯唯诺诺地把钱还给了那个老头，悻悻而去。老头感激涕零，一定要送一个西瓜给我爸吃，我爸正义凛然地拒绝了：“为人民服务是应该的，不拿群众一针一线。”

一晃，我爸都退伍二十几年了，虽不至于仍同当年那般痴憨，却依然带着军人特有的纯良与火暴脾气。因为他的缘故，我对军事题材的文学及影视作品总是格外敏感，取下英雄主义渲染出的玫瑰色滤镜，战争更多的是时代潮流下的身不由己，在一种退无可退的命运格局里，燃烧一个男人的青春和热血。

每个人都承受着时代的局限，却通过生命的延展，跨出了时代的局限。

生活在当代的我们都对过去的年代有着别样的好奇，而最直接的探索，就是重绘与自己血脉相连的那些人的青春。他们活过的前半生，就是我们错过的前一个时代。

如果你有时间，趁着父母未老，找个时间和他们聊聊天，听他们讲过去的事情。或许你会发现，每个父亲都有你未知的令人崇拜的半生，毕竟，谁不曾快意青春，无惧衰老与死亡——直到有了生命中最大的软肋。

妈妈，
你为什么把我生下来？

When I met you

“妈妈，你为什么把我生下来？”我曾是一个这样询问母亲的孩子，也渴望成为一个孩子如此问我的母亲。

——题记

当我的青春期撞上我妈的更年期，就像针尖对麦芒，水火不相容，三天一拍桌，七天一摔门。那段时间，我和我妈的关系简直就像世界上最无聊的情侣，莫名其妙吵上一架，最后自然由我负责低头求和。

印象最深的一次谈话就发生在某次激烈争吵后：

“我还记得刚生你那会儿，觉得不可思议。”

“为什么呢？”

“一下子接受不了啊，突然多了一个人，这个人竟然是我的女儿。”

“你怀了都快十个月了，怎么生下来就接受不了了？”

“生下来的时候，他们把你放在我身边，看上去就那么小一团肉，可丑了，我压根儿不想抱你。最开始几个月啊，给你洗澡、换尿布都是你爸一个人做的。”

我当时特别诧异，她当年竟然嫌弃过我。我以为这个世界上最爱我的人竟然嫌弃过我。

直到很久以后，我离她千里之遥，突然想起这段对话，才有点理解她刚生下我的时候嫌弃的心情。突然看到一个肉团，她大概才意识到自己成了一个母亲。她很怕吧，怕自己成为不了一个好母亲，怕自己承担不起这个责任。但有什么办法，孩子都生下来了。我的存在，从此成为她心里最柔软的部分；我的存在，也让她成为一个更坚强勇敢的女人。

我向来是这个领域的叶公好龙者，从小就嚷嚷着想生孩子，却不曾思考：将来的那一天，我为什么把它生下来？

事实上，很多母亲在真正成为母亲之前都没有做好足够的心理准备。十月怀胎，孩子呱呱坠地，那段经历真像做梦一般，突然，这个世界上就多了一个骨肉至亲。

事实上，很多母亲在真正成为母亲之后也没有成为一个合格的母亲。弃婴、家庭暴力、家庭成员价值观分裂、婆媳矛盾，这些问题永远占据着报纸社会版面的大部分篇幅。母爱远远没有我们歌颂的那么伟大。伟大的不过是符合自然之道的母性，而不是有的时候令人窒息的自以为是的爱。

如果我说父母爱你是有条件的，是不是听上去令人有些心冷？

两个同样亲生的孩子，如果一个成绩优异乖巧懂事，一个痴呆愚笨冷僻难处，父母都会喜欢前一个多一些吧。退一步说，手心手背都是肉，理想化到一视同仁，那么他们爱你还是有一个永远无法抹去的条件——血缘。

我说："妈，其实我们都很自私吧。我知道你很爱我啊，但是我好像没有那么爱你，就像你知道外婆对你很好，但是你对外婆也没有那么好一样。你爱自己的女儿，却没有那么爱你妈欸。"

我妈想了一会儿，说："对啊，我很惭愧啊，但是做不到像对你一样去对外婆好。"

我说："我也觉得我可能永远做不到像你爱我那样去爱你啊。但是如果以后我有了孩子，我一定比你爱我更爱他们，然后告诉他们对外婆要像对我一样好。”

既然血缘影响巨大，那为什么好多人爱自己的孩子总是会深过爱自己的父母呢?

我慢慢体会到了一种原始的内心涌动着的情感，体会到爱在代际之间的传递。

回溯是有意识的感恩，接着去爱才是本能。

如果有一天，有个声音问我：“妈妈，你为什么把我生下来?”我会像下面这样回答：

因为你外婆生下了我，还使劲骗我说这个世界有多美好。请原谅我的自私，让你莫名其妙选择被爱。

成为我的孩子，是你来到世间唯一没有问过你的意见就让你做的事。我们将给你尽可能多的自由，尽管在你能自己承担自由之前，希望你可以多听听我们的意见。

我知道这个世界上现在有很多人都不愿意生孩子了，如果你觉得那样很好，我也会接受你的选择。因为爱的对象有很多，不一定非得是骨肉至亲。

但你一定要知道，看着你长大是我这辈子做过的最美好的事。

当我们渐渐长大，而父母渐渐老去

When I met you

回家的时候，妈妈小心翼翼地问我："你能不能帮我下个微信啊？"我这才发现自己的失职。我两年前就开始用微信和朋友聊天，却从来没有想到要教爸妈使用这些新型软件。我拿过她的手机，帮她注册了微信，又手把手教她加好友、发语音、发表情、发朋友圈。她学得很快，偶尔碰到不明白的地方，不好意思问我，自己胡乱折腾一通，最后也能找到想要的功能。

我恍然想起小学一年级的时候，家里买了电脑。那个时候电脑还是很稀奇的玩意儿，自带的系统是 Windows98。她从书店买了三本《Windows98 操作系统入门》之类的自学教材，钻研了几天，把我带到书桌前，告诉我怎么开机、怎么关机、怎么用拼音打字、怎么聊 QQ、怎么发邮件。我和她一起打游戏，联机打《大富翁》或者《红色警戒》，玩得很开心。

忽然，她就变成了一个小孩子，比小时候的我乖巧，安安静静地坐在那里，听我跟她讲怎么用微信。

朋友跟我抱怨，回到家只能看到妈妈打麻将，怎么才能不让她天天打麻将，而做一些更有意义的事呢？我想，那位朋友大概得先反思自己，他回家以后，是否主动抽时间陪过妈妈。

毕竟，爱一个人是不是应该有默契？

小时候我们调皮捣蛋，最喜欢玩泥巴，妈妈会不会想：如何让女儿/儿子远离泥巴？不是不让她/他玩，只是想和她/他一起经历更多有意义的事。

当然不会。

两三岁的时候，我喜欢听田野上的鸭叫羊叫牛叫声。妈妈就掐好时间，每天抱着我去山脚的田野里玩，等赶鸭的人过来了，放羊的人过来了，水牛浮出水面了，我听完“嘎嘎嘎”“咩——”“哞——”才会心满意足地回家。

五六岁的时候，我最喜欢玩泥巴。我热衷于撬开外婆家院子里铺着的花岗石，把蚯蚓挑出来丢进花盆，或者将幼儿园花园里开遍的紫色和粉色小花“移植”到一次性杯子里。每天回到家，全身上下都是泥巴，妈妈也没大声说过一句“总是把衣服弄这么脏，明天不准玩泥巴了”。第二天仍旧把我打扮得像个小公主，即使她知道下午放学我还是会变成灰姑娘。

七八岁的时候，我迷上了搭积木、编绳子、折千纸鹤、捏橡皮泥、给芭比娃娃做衣服以及其他对一个成年人来说无比无聊的小把戏。她陪着我看各种各样的说明书，而且总是能把绳子编出比说明书上更多的花样。她的手极巧，用橡皮泥就能捏出叮当猫和奥特曼，把几块碎布头一缝就能给芭比娃娃做一身比原来更好看的衣服。

十来岁的时候，我迷上背书，能摇头晃脑地背上一天。她坐在一旁，把连续剧的音量调到最低，给我榨果汁给我倒饮料给我做点心，听我背先秦两汉散文唐诗宋词元曲，间隙还总要捧场地说“以前最不耐烦看这些东西，现在听你背倒是很有美感的，有几句还听得懂呢”。

后来我又迷上看 NBA，每场直播都追着看。那时候我从不曾留意为什么放学一回到家，电视总是停在 CCTV5，只记得每逢总决赛、全明星赛之类，她会兴高采烈地帮我买好啤酒、零嘴，看到我像个疯子一样在电视机前又蹦又跳又喊又叫，就无奈地笑笑。后来追世界杯主队的直播，她还帮我调好闹钟，陪我熬夜看球，尽管我俩经常一起犯困睡过去。虽然一起看了七八年，除了我最喜欢的球星，她还是记不住其他人的脸和名字。

所有的所有，并不是妈妈觉得有趣，她甚至并不喜欢它们，而是她愿意陪我。做任何事，只要陪着我，就是有趣的。

当我明白这一点的时候，年纪已经不小了，我曾经嫌弃她喜欢看几百集的台湾言情剧，嫌弃她喜欢逛一下午的街，却从来没想过，玩泥巴哪里就比台湾言情剧更“有聊”了？看一场球赛又哪里比逛一下午的街更有趣呢？

我不知道如果我有一个女儿，我是否会如妈妈那般温柔，耐心地陪她听遍羊叫、玩遍泥巴、看遍迪斯尼卡通。

后来，当我发现她每天开着电视机追《武媚娘传奇》，我很开心自己终于有了表现的机会。

我说：“妈，我帮你下载好了，我们一起看吧。”

她很诧异：“你不是说这部剧很傻 × 吗？”

我笑了笑，可是我也愿意陪你做任何事啊。

我们渐渐长大，而父母渐渐老去，直到慢慢老成一个小孩子。他们不再能跟上时代的步伐，不懂新科技，也不懂得当下最时髦的审美，面对这个飞速发展的世界，他们懵懂而好奇，羞涩地旁观。

这时候，请牵起他们的手，带他们认识这个对他们来说逐渐变得陌生的世界。

最重要的是，用父母想要的方式去爱他们，就像他们曾经对待我们那样。

如果你曾被人这样爱过

When I met you

曾经有位朋友困惑地问我："这个世界上真的有无条件的爱吗？"

这样的爱，只要得到过一次，他就永远不会怀疑这个问题。

大人总以为小孩子什么都不懂，却不知道一颗剔透琉璃心最能映射复杂人心。真真假假，年纪大了容易看迷了眼，小孩子反而看得再真切不过。我本性是个多疑敏感的暗黑系小孩，这些年竟也向着阳光茁壮成长。

每当他们说"你脸上的笑意真温暖"，我就会想起最初给我温暖的那个人。

她一直用方言唤我"妹妹"，江南乡野之间，老人家唤小女孩，常常这样叫。我这些年把方言丢得七零八落，唯独到了老外婆面前，总刻意避免说普通话，使劲唤醒语言中枢的记忆，略显滑稽地讲一口疏落而蹩脚的方言。其实她普通话学得很好，我小心翼翼，只不过是为了让她觉得我还是她当年带大的那个小孩。

她一直把我当小孩。

寒假回镇上外婆家，她一天会问我许多遍“冷不冷啊”，我说“不冷，不冷”，她也听不进去，偏要把她那条又厚又丑的大围巾给我披上。早上我赖床，她坐在床边哄我起床，我不肯起，她便骑了三轮车去大街上那家我最喜欢的早点铺买一屉热腾腾的包子回来，送到我床边，看着我吃完，给我拧了热毛巾让我擦脸擦手，让我再睡一会儿。

有一回，这情景刚好被我妈撞上，她当即把我拉到暗处批评了一顿：“你都这么大个人了，还要你外婆为你跑里跑外，你能勤快点吗？”

我说：“妈妈，你不懂，外婆多要强一个人，年纪大了就怕自己没用，如果我什么事情都帮她做了，她会觉得自己越来越没价值，心里反而不开心……再说，我也有帮她收拾帮她做饭啊。”

我妈怒道：“你就爱狡辩，我说不过你。”

无条件的爱，一辈子不多不少，能遇上一次，就足够幸运了。

我妈当然也是爱我的，但她的身份限制了她，她不可以用宠溺的方式来爱我。她需要督促我认真学习，提醒我不要被坏男生骗，在我耳边唠叨考试工作结婚生子，她希望我成为一个能被别人认可的人——这是她作为母亲的责任。我的父亲、我的其他长辈，大概都是如此。唯独我的老外婆啊，总是希望我快乐一点。

小时候，父母在外地工作，我被寄养在外婆家。做错了事，比如偷偷把中药倒到池塘里，外公训我，我哇哇地哭，她把我抱在怀里，一口一个“宝贝”，说“不爱吃咱就不吃，外婆给你买糖去”。她常年系着围裙，干一天家务也不及我哭一次来得脏，鼻涕眼泪全往她围裙上抹。到了第二天，我不肯吃蔬菜，外公训我，我又哭，她依旧抱着我，围裙上已然是淡淡的肥皂香和阳光的味道。

我依然记得自己幼年时是如何淘气，与其说是淘气，不如说是心里有一种强烈的不安全感。我自觉或者不自觉地用这些邪恶的做法去试探他们爱我的底线。我三四岁的时候就意识到我在外公家里就像一个外人。爸爸妈妈鲜少在身边，外公外婆和舅舅们都不跟我同姓，别人看我的眼神里似乎带着些不一样的东西。外婆或许是唯一懂得这份不安全感的人，也或许一切都是她的天性使然。她那会儿摆了个小摊子卖鸡蛋饼，但凡过路的乞丐，她总会送他们一些，两三年里，几乎天天如此。

不管是出于什么原因，总之，我渐渐发现，无论我犯什么错误，她都站在我这边。五岁那年，我偷抽屉里的零钱去买弹珠；七岁那年，我跟院子里其他的小朋友打架滚到地上；上一年级了，我放学跑去田野里玩，被我爸逮住罚面壁也是她来说情；等我稍微大些，一把一把塞零花钱给我的，仍然是她。

期末考结束回去看她，从来不会被问到成绩，我主动告诉她：“这次考得不太好呢。”她拍拍我的手，说：“没关系，下次努力。”

每回看到我，她都眼泪汪汪地盯着我少女肥逐渐消失的脸，心疼道：“哎呀，怎么瘦了这么多……身体最重要了，学习不要太刻苦啊。”

去离家很远的地方念大学，给她打电话，她只说两句话，一句是“最近好好吃饭了吗”，另一句是“你如果缺钱就跟外婆说啊”，我挂了电话，一个人发呆。

后来我喜欢上一个不合适的人，我妈问我何弃疗[1]。我苦恼地问外婆：“你说，我和他是不是不太合适呢？”她摸摸我的头，说：“没关系，你稀罕他就好。”

我老是状况百出，比如去年兼职被骗钱，今年又把钱包丢了，

---

1 网络流行语，“为何放弃治疗”的简写，暗指“你有病，快去治”，常有戏谑之意。

父母少不得教育几句，嘱咐我小心行事。她隔着电话说：“没关系，这些都是上帝的安排，没钱了外婆给你打过来。”

在她面前，我从来不用是好学生、好孩子，我甚至可以刁蛮、任性、懒惰、自私、无能，也不用担心她会不爱我。

但我仍然努力成为一个勇敢、和善、慷慨、宽容、愿意去爱别人的人，因为知道这样她会开心，我希望她开心。

然而我再也不会怀疑，如果我是一个痴呆儿童，常年流着口水，衣服沾满泥巴，终生无法自立，她还会不会把我搂在怀中，把我当作她永远的宝贝。

真的，只要你曾被这样爱过，你就永远不会怀疑。

永远的夜市

2012 年秋天，我到北京读书。

霜霜开玩笑说："你来迟了一些。"

霜霜是大我三届的学姐，笑起来酒窝很深，齐刘海儿，娇小个子，常被戏称为民大萌主。最关键的，她是我在民大认识的唯一一个老乡。

老乡的美好之处在于作为记忆共同体的那部分。当我们说起一些于他人而言很陌生的名词，可以毫不费力地明白彼此的指向。

她说："你若早一年来，可以享受民大夜市。"

“现在呢？”

“唉，被拆了好多。”

我问：“和三江城比何如？”

她摇了摇头：“你过几天军训完了去逛一逛就知道了。”

民大夜市是北京著名的夜宵圣地，西三环美食中心，横跨三条街，上下数百家店。某年春节，《人民日报》头版头条报道：勤劳小夫妻卖南京鸭血粉丝汤，三年买下北京一套房。这个故事的发生地就在民大西门。

而三江城是位于我的家乡方圆十里的一片地儿，有着本市最大的三家夜总会、二十几家网吧，以及数不清的夜宵摊位。江南小吃甲天下，三江城的露天夜宵摊位提供麻辣烫、铁板烧、小笼包、菜干蒸饺、凉粉、鸡蛋饼、鸭脖子……还有无穷无尽的酒。那种美感我彼时尚未意识到，今天依然无法用言语描述。白天的三江城鲜少有人停留，到了晚上八九点，人群开始出现，在十一点左右达到高峰，直到凌晨两三点，依然人声喧哗。

经济发展的历史告诉我们，夜市的出现标志着古代商业进入了新的阶段。青楼、茶楼乃至摊贩的营业时间延长，包括街头出现的售卖花样繁多的女士饰品、小吃零嘴的小摊……从宵禁到开放夜市，意味着生产力的巨大提升。夜晚的娱乐活动从床上扩展到了街上，实在是飞跃性的进步。

虽然霜霜不无遗憾地告诉我西门被拆了好多店，但当我坐在西门的夜宵摊上，我还是在这座陌生的城市找到了一点熟悉的感觉。我喜欢的一位作家说，保持身体免疫力的最好方式，就是每个月去一两次街头夜宵摊，吃那里最受欢迎的东西，有助于保持体内菌落平衡。而我总在心里这样宽慰自己，当我不小心死了，至少不会为没有吃到足够多的垃圾食品而后悔。不过与三江城相比，民大西门还是显得单调一些，走完整条街，不过几家烧烤摊和卖牛肉汤、烤冷面、鸭血粉丝的小摊，我想起纵横四条街的三江城，第一次开始思乡。

然而，民大西门的氛围依然令我沉醉。摊贩喧哗的叫声，七倒八歪的啤酒瓶，油腻腻的桌面，满地的粗糙纸巾和一次性筷子包装纸，老板们数过人民币的手摸上即将送入我们口中的食物，锅里的油不知道被煎了多少次……一群群围坐在一起的少年，在这样的地方这样的时刻这样的食物香气里，一起到达梦想的高潮。多么美丽。

后来，我去过厦门步行街、武汉户部巷、上海城隍庙、南京夫子庙……那些据说是全国小吃街魁首的地方。一家家店铺或精致或简约，出售许许多多“到此一游不得不吃”的美食，我将食物丢进嘴里，兴致索然。

太井然了。我突然明白为什么男人对一动不动的女人总是兴致缺缺，无论她们有多美丽，也突然明白了为什么男人如此憎恨女人假装高潮。

自首都市容工程开展以来，本就颓然的民大夜市更加冷清。但凡“诸侯来朝”的日子，我总能看到城管们骑着摩托车来来回回地巡逻。工作日的晚上，往往只能看到一两桌人。

三江城新修了两排店面，大部分摊贩被规整到新房子里，四条街缩成了一条街。摊贩们被严格划定了范围，一旦超出就面临罚款，所以只好小心翼翼地龟缩在小房子里，不敢踏出一步。

由混乱走向秩序，这是不可抵挡的历史趋势。

夜市如此，人也是这样。

寒假回家，长辈们总用欣慰的目光打量我，“野丫头变成大姑娘了”。那个在田野里摸爬滚打将一身白衣染成黑衣才肯回家的小孩子，慢慢地长成一个吃相斯文谈吐优雅懂得在陌生人面前保持温柔和沉默的淑女。

你说这是好事，有什么可忧伤的呢？

是啊，这是好事啊。因为我们的一生，务必符合社会运行规律，被纳入公共秩序，成为一介良民，方能维持表面上的安然。而那些无序的、不安的、混乱的，终将被取缔。

这是好事，但的确也是令人忧伤的好事——在我看来。

我怀念的一代老师

去年回高中母校，和老师闲聊，说起上海某“985”的数学系学生想回到本地高中教数学，试讲了几回，连简单的三角定律都讲得磕磕巴巴。言毕，老师感慨地说：“现在也就这些学得不怎么样、在外面实在混不下去了的才愿意回来教书了。”

我心里一惊，隐约觉得抓到了什么。

十年前，如我家乡那般的小城市还拥有极其优质的教育资源。我们这一代人的中学老师，在某种程度上，是他们那个年代最优秀的一批人。在我的中学老师上学的那个年代，能考上师范的往往是班级里最优秀的一批学生。

因为那个年代特有的贫穷、教育的封闭和录取方式的落后等，一批原本可以获得更好的高等教育的学生走上了师范这条路。到他们毕业的时候，世界还不浮躁，人们心中还有温暖，大部分人都选择回到家乡的高中任教，而不是去往更为广阔的远方世界。

从某种意义上说，这是他们所处时代的不幸。

然而，他们人生的不幸是我们这一代人的幸运。等我们入学的时候，他们在岗位上待了十几二十年，积攒了足够多的教学经验，而且他们毫无疑问拥有深厚的知识和一种他们那个年代独有的情怀，愿意用一种过来人的前瞻性的目光，教导我们这些一二线城市以外的学生。他们胸怀坦荡，有知识分子的清高，从不屑于靠着如今风行的各类补习班敛财，甚至敢和校领导对吼——“老子教书你凭什么指指点点，你行你上啊！”

这样的老师虽然不是很多，但每一个都可以对像我这样目光短浅、身处井底的孩子产生非常深远的影响。我曾经遇上过几个这样的老师，离开他们很久之后，我才发现这样的遇见其实是我们这一代人的幸运。

因为如今，这一代老师都纷纷到了退休的年纪了。

新进的年轻老师们可能比他们拥有更高的学历，但是很难再有那样的情怀了。

教育资源像其他任何一种资源一样，以越来越倾斜的角度向某些地方流去，这并不是靠装几台电脑或者建几幢教学楼就可以解决的问题。

再也没有那样一批人了。

没有那样一批人，愿意用自己一辈子的遗憾和见识告诉那些充满渴望的眼睛：你们的未来是有希望的，无论你们出生在哪里。

我曾经爱过这样一个男人

When I met you

好像自从闲置了牛仔裤，换下了运动鞋，套上低胸裙，搭配好高跟鞋，就与篮球渐行渐远了。打球的频率从每天下降到每周，又变成每月。

我都快忘了曾经有一段岁月，所有与我熟识的人都知道我爱着这样一个男人。

他们会在我面前历数他的斑斑劣迹，诸如独断和肘击之类来逗我，因为知道我一定会奋起还击争得面红耳赤为他辩护；每周省下有限的零花钱买所有能买到的有他的杂志报纸海报贴纸；从门板背后到书桌桌面再到空白墙面几乎都贴着他各个经典时刻的海报；十八岁的生日礼物里就有他的个人传记、球衣、护腕；大年初二的早上爬起来看完他拿 MVP[1] 的全明星赛在新年的清冷大街上又蹦又跳；还在 CCTV 直播球赛时的“为你最喜爱的球星投票”中贡献过一条一元人民币的短信；记得他的身高体重生日家人，记得他所有破过的纪录创下的纪录说过的话，没有多么用心去记，但就那样记住了；记得他在某年某月某日某地和某人对阵时做过的一个双臂展开的动作和各种绝杀时刻。

从 2003—2004 赛季开始关注 NBA，那是他三连冠之后的低潮期，那个来自一个酒店女服务生的指控让他声名狼藉，几乎所有的合同公司都与他解除了合同；与球队高层和队员的矛盾让他在队里举步维艰；后院起火，前院失守，他就是那么一个永远不会被压力压垮的人，在法庭和球场之间的来回奔波并没有让他失去斗志，连续两场绝杀将湖人带入总决赛。虽然最后被拥有汉密尔顿和比卢普斯的五虎斩杀，但我正是从这一年的比赛里看到了一个男人身上的血性，我坚信他会创下比之前的三连冠更辉煌的战绩。

出走的禅师重新执教湖人，再次将三角进攻引入球场。他慢慢地从孤傲固执甚至有些偏激的少年成长为一个领袖，虽然蜕变的过

1　即 Most Valuable Player Award，美国职业篮球联赛最有价值球员奖，由美国国家篮球协会颁发。

程有些曲折，但是让我预见到了凤凰涅槃的荣光。三节 62 分，单场 81 分，连续九场得分 40+，“得分王”的称号都不能说明什么，被太阳队在 1 : 3 的情况下翻盘逆转的痛苦让无数球迷感同身受，却也知道，压抑了那么久，it’s the time！

我曾为了等待北京奥运会上的特写镜头而彻夜不眠，看到他向全世界微笑，我发现这个少年的棱角被逐渐磨去，在记者面前变得进退有度，在球场上与队友的配合越来越默契，他在北京与妻子和两个女儿一起度过了三十岁生日。在群星璀璨的美国梦之队里，他是最亮的那一颗。奥运会后的赛季，他终于成长为一个成熟的领袖，带领队友拿下了烙上他的印记的总冠军戒指。不管是面对拥有超人[1]的魔术队还是同样令人尊敬的王朝球队绿衫军，他都展现了最为完美的后仰跳投，那是最为闪耀的绝杀时刻。那个时候，他已经三十二岁了。

当人们不断地拿年轻的皇帝[2]与他相比的时候，往往会忘记他已经三十多岁了，这已经是一个普通球员的暮年，而他依然贡献着场均近三十的得分。这不能怪别人，因为如果英雄选择在场上坚守到

1 德怀特·霍华德，美国著名篮球运动员，2008 年全明星扣篮大赛冠军，曾连续三个赛季荣获 NBA 年度最佳防守球员的奖项。

2 勒布朗·詹姆斯，两届 NBA 总冠军，曾获得四次 NBA 最有价值球员奖、两次 NBA 总决赛最有价值球员奖、两届 NBA 全明星赛最有价值球员奖。

最后的时刻，我们便不能埋怨随之而来的英雄迟暮的悲剧性色彩，无尽的伤痛缠绕着他，左膝、左脚踝、手腕、小手指……没有办法，年轻的时候不顾一切地向前冲，那些如教科书般完美、如探险般令人惊叹的上篮扣篮灌篮就会在这样的岁月里取回利息。

高三的时候已经不怎么看球赛了，所有的休息时间都变为无休止的自习和考试，有时会在杂志封面上看到他，甚至在英语阅读里看到他，心里蓦地激动一下，然后埋下头，接着做试卷。

上了大学有时间看球赛了，却发现那些可以眉飞色舞地与之谈论的人不见了。即使在路上听到几个拿着篮球的男生肆意谈论新的球赛偶尔提到他的名字，我也只是淡淡地路过；买《南方周末》的时候瞥见旁边新出的《NBA 特刊》上熟悉的身影，想到狭小的寝室空间，最终没有买下；偶尔看到比赛预告，面对不给力的校园网也无力吐槽；渐渐忘记了脑海中那些比鸦片战争爆发时间更清楚的成串的数字，渐渐地，就那样想不起来了；还剩下那件当年收拾行李时硬塞进行李箱的球衣挂在墙头，偶尔穿它的时候，能感受到一种渐渐消失的温暖正在回来，也许那温暖并没有消失，只是被岁月储存起来了。

后来我在五棵松看了一场湖人对阵勇士的季前赛，科比因为膝盖和脚后跟的旧伤，全程坐在场边。镜头无数次扫过他，他微笑着向全场示意。身边的人群尖叫，我却哭了。那是我的青春啊。

每一次分开前，请吃饱

When I met you

年轻的我们总是喜欢说离别。因为年轻的时候，每一次离别都是新鲜的、刻骨铭心的。

然而，不是所有的东西都可以拿来后会无期。一辈子那么短，记忆容量那么大，有些东西啊，舍不得也要丢掉；有些东西呢，既然舍不得，那就留着吧。

我搬过很多次家。起初年纪小，一切事宜都是爸妈在操心，我只是偶然发现，咦，那本我最喜欢的童话书不见了；咦，那个我最喜欢的洋娃娃找不到了；咦，那双我最喜欢的红皮鞋不知到哪里去了……我问妈妈，妈妈忙着收拾东西，随口说“以后再给你买啊”。

我没有继续问，我知道他们搬家很辛苦，也知道没了就是没了，新的也不是原来的了。

后来长大一些，再搬家的时候，我就把我的小东西们看得很紧。我舍不得它们啊。那块石头是我第一次去海滩找到的最漂亮的石头；那些贴在墙上的海报我都小心翼翼地撕下来，卷好放在纸箱里；每本书都记到本子上，清点时发现少了哪本都心疼得要命。爸妈只给我三个半人高的纸箱，他们看着我说："不要的东西都扔了吧，带走也没用啊，这么块破石头你放进去干吗？"最后，他们妥协在我倔强的眼神里。

再长大一些，我发现他们说的是对的。那块破石头，自从搬到新住处之后，我再没有瞧过它一眼；那些海报，等到下一次搬家的时候，我已经没有力气再去一张张撕下它们；我只能把空间留给我的书，那个时候它们占据了整整两个大纸箱。

最后一次搬家，我收拾起东西已经驾轻就熟，仅仅用了两个小时就把住了两年的房间里的东西打包完毕。我甚至学会了笑着面对离别。我潇洒地把三个纸箱留给搬家公司处理，一个人先去了新住处，对爸妈挥挥手说："我先把我们家最值钱的东西搬走了。"

但是对待有些东西，我永远学不会潇洒。

搬过九次家，有四次是临近的，有五次是远距离的。

每年寒暑假回家，我都会抽时间回当年住过的社区看看街坊邻居。开面店的老婆婆看到我，都会让我带些面回去吃，我妈要付钱，她就说“这些又不是给你吃的，是给你女儿吃的，以后吃一次就少一次了”；开馒头店的大妈幽默地说“你来吃按照当年的价钱给就行”，十五年过去了，一屉馒头的价钱已经从一元五毛钱涨价到了八元，但是有些东西好像真的没有变；某任房东常常盛情邀请我去他们家吃饭，然后开心地把我小时候调皮捣蛋的事情历数一遍……

这些人在我的生命中留下了或深或浅的痕迹。如果我舍得，那么不过是萍水相逢，缘起缘消，可我就是舍不得啊，尽管我舍不得的可能不是他们，而是他们陪伴我走过的那段属于我的岁月。可是，谁又能那么理性，把那些溶解在岁月里的说不清道不明的因缘像提炼溶质一样区分得那么清楚呢?

上大学之后，很多朋友吐槽说与老朋友三观不合。我也常常遇到这样的情况，大家各奔东西，学习不同的专业，与原先的朋友好像都没有共同话题了。

我的家乡商业发达，中学时代好多朋友家里从商，现在他们都开始慢慢接手家里的生意。聊起天来，我总觉得恍惚，记忆似乎还停留在他们羞涩地和我谈论某个女生的年代，可是一眨眼，他们已经一副世故精明的成人模样，分析事情的利弊，侃侃而谈，而我好像还是一个与人争论对错的小孩子。小学时玩得极好的女生，开始在朋友圈里做代购，明明知道她不在日本，但她的微店上就写着明晃晃的“店主在日本留学”……

可我还是舍不得他们。

年轻的时候，我们有充分的时间去把陌生人暖成知己，他们代表了我曾经最美丽的日子。

等到年纪大了，你鲜少有机会选择朋友，只能无奈地建立人脉。彼时，你手中或许拥有了更多可供交换的资源，别人与你结交，你与别人结交，彼此都看不清对方手中的底牌。不是没有真心，而是真心与真心之间，雾障重重，你就算想交心，人家也不一定稀罕。

前几天我回老家办理一些杂事，顺道在杭州见了两个朋友，一个是小学前桌，一个是中学学妹。我的时间挺赶，只得在换车的间隙与他俩分别见了一面。细数之下才发现，与前桌的男生已经相识十二年，且十二年来从未断绝联系；学妹还是通过 QQ 空间建立的联系，虽然见面时间少，但一来二去，聊了七八年，两颗心也焐得热热的。我心里笃定，这俩人一定是我到了牙齿掉光、子孙满堂，也能坐在一起对着彼此傻笑的朋友。

我很感谢他们，而且这种感谢随着年岁渐长、阅历日增而越加深厚。我知道自己本性偏向淡薄，与人交往总是隔着一道关卡，有时候脸上笑意满满，心里却始终格格不入，尤其在感情上，被（ào）动（jiāo）得要命，山不过来，我也绝不过去。在我与他们的关系中，毫无疑问，是他们更为主动更为包容更为体贴。

我是多么感谢那些时间哪，那些一生之中最难得的时间，考试失利、感情失败、事业困顿的时候对着对方倾诉发泄的时间，正是这些时间把路人变成了朋友。

年轻的时候真好啊，总有使不尽的力气，一次次地把自己从头到尾交代一遍，我家在哪里，我爸爸做饭很好吃，我小学和中学在哪儿念的，我喜欢听谁的专辑，我爱看谁的电影，我喜欢过什么样的男孩子，我去过哪些地方，我以后还想去哪些地方……你呢？

一个人的感情是有容量限制的，我总觉得，友情比爱情更讲究缘分。有些人虽然一见如故，惺惺相惜，但是出现得太迟了，难以匀出多余的精力去交代自己。越早相遇，越能掏心掏肺。

我从不认为“人脉”是一个虚伪可憎的词，因为我们的感情是有限的，因为不是每一个人都值得真心相交。你一定见过这样的人，不过在某个场合见了一面，就掏出手机，热情地想加你微信，加了也从来不打招呼，逢年过节也许能收到几条群发的信息，有事情请你帮忙的时候，他又突然蹦出来，好像和你熟了三辈子。你对他的印象永远只停留在他在哪家公司、似乎是做什么的。

而只有年轻的时候，才有更多成为朋友的可能性。“人脉”是最无奈最可惜最浪费的选择——只要你想，人脉永远会有。但是，朋友，可能错过了就是错过了。

我们总是容易与那些和我们三观接近、志趣相投的人在一起，这是不可避免的吸引定律。向过去说再见是一件你只能遵从而无法违抗的事——它是迟早的事，因为大家都在变哪。

人生无不散之筵席。

所以，每一次分开前，请吃饱。

图书在版编目（CIP）数据

懂事之前，情动以后 / 芈十四著 . —长沙：湖南文艺出版社，2016.4
ISBN 978-7-5404-7486-7

Ⅰ . ①懂… Ⅱ . ①芈… Ⅲ . ①中国文学 – 当代文学 – 作品综合集 Ⅳ . ① I217.2

中国版本图书馆 CIP 数据核字（2016）第 039911 号

上架建议：畅销 | 青春文学

DONGSHI ZHIQIAN QINGDONG YIHOU
懂事之前，情动以后

作　　者：芈十四
出 版 人：刘清华
责任编辑：薛　健　刘诗哲
监　　制：赵　萌　刘　霁
特约策划：李　颖　谢晓梅
营销编辑：杨　帆
装帧设计：利　锐
内文插画：张小雨
出版发行：湖南文艺出版社
（长沙市雨花区东二环一段 508 号　邮编：410014）
网　　址：www. hnwy. net
印　　刷：北京鹏润伟业印刷有限公司
经　　销：新华书店
开　　本：880mm × 1270mm　1/32
字　　数：163 千字
印　　张：9
版　　次：2016 年 4 月第 1 版
印　　次：2016 年 4 月第 1 次印刷
书　　号：ISBN　978-7-5404-7486-7
定　　价：35.00 元

质量监督电话：010-59096394
团购电话：010-59320018

上架建议：畅销 | 青春文学

ISBN 978-7-5404-7486-7

手机扫描二维码
直接加入博集书友会微信

ID:博集天卷电子书

博集天卷
CS-BOOKY

定价：35.00元